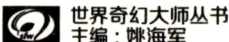

世界奇幻大师丛书
主编：姚海军

[美]查丽·恩·霍姆博格 著 朱 佳 译

四川科学技术出版社

THE PAPER MAGICIAN © 2014 Charlie N. Holmberg
Published by 47North,Seattle
Through Andrew Nurnberg Associates International Limited
Simplified Chinese edition copyright: 2018 SCIENCE FICTION WORLD
All rights reserved.

图书在版编目（CIP）数据

纸魔法 /（美）查丽·恩·霍姆博格 著；朱佳 译
-- 成都：四川科学技术出版社，2018.5
（世界奇幻大师丛书 / 姚海军 主编）

ISBN 978-7-5364-9040-6

Ⅰ.①纸… Ⅱ.①查… ②朱… Ⅲ.①科学幻想小说—美国—现代 Ⅳ.① I712.45

中国版本图书馆 CIP 数据核字（2018）第 086268 号

图进字 21-2018-325 号

世界奇幻大师丛书

纸魔法

出 品 人	钱丹凝
丛书主编	姚海军
著　　者	［美］查丽·恩·霍姆博格
译　　者	朱 佳
责任编辑	宋 齐
特邀编辑	梁 爽
封面绘画	郭 建
封面设计	李 鑫
版面设计	李 鑫
责任出版	欧晓春
出版发行	四川科学技术出版社
	四川省成都市槐树街 2 号 出版大厦　邮政编码：610031
成品尺寸	160mm × 228mm
印　　张	15.5
字　　数	151 千
插　　页	2
印　　刷	四川省南方印务有限公司
版　　次	2018 年 11 月成都第一版
印　　次	2018 年 11 月成都第一次印刷
定　　价	32.00 元

ISBN 978-7-5364-9040-6

献给我的丈夫，乔丹。他是我生命中一切魔法的源泉。

第一章

西奥妮一直盼着能成为一名铁熔魔法师，盼了整整五年。

可惜，当大家从塔吉斯·普拉夫魔法学校毕业时，其他人都自由选择了自己喜欢的魔法媒介，而她却由学校做了安排。"折匠不够啊。"魔法师阿维斯基在办公室里对她解释道。

自打西奥妮听到消息那天起，到现在快一周了。她还能感受到当时眼泪在眼眶里打转的刺痛。"纸，是一种美妙的介质，"魔法师阿维斯基继续劝慰她，"也是一项近年来近乎失传的技艺。这一行就只剩下十二位执行魔法师了。除了分配学徒，我们别无选择。我很遗憾。"

西奥妮也很遗憾。这些话让她的心都碎了。现在，站在纸魔法师艾默里·塞恩的老巢前，她巴不得心脏就此停跳算了。

她紧紧地握着行李箱上的木手柄，盯着眼前这片可怕的景象，比那些断断续续出现在她梦中的想象还要光怪离奇。魔法师塞恩——泰晤士河畔唯一的折匠——离群索居，住在伦敦的荒郊野外。这还不算最糟的，他的住所看起来根本就是篝火夜话的恐怖故事中才会出现的那种。六层高的屋墙黑黢黢的，指甲在上面留下的抓痕让油漆斑驳不堪。西奥妮踏上那条远离主道、未经修葺的小径，一阵阴风扑面而来。屋顶支棱着三个不对称的角塔，活像魔鬼的头冠。其中一个角塔的东面豁着一个大洞。一只乌鸦，或是喜鹊，在破烟囱后发出哀婉凄绝的叫声。屋子的每一扇窗户——西奥妮数了只有七扇——都挂着黑色的百叶窗，用链条紧锁着，没有一丝烛光透出来。无数个冬天积下的落叶堆在屋檐上，卡在变形的黑色瓦砾间。附近总有什么东西滴落下来，发出嗒嗒的声响，散发着像醋又像汗的气味。

屋前的庭院没有花圃，没有草坪，连一块碎石都没有。小小的院子里，唯一能炫耀的只有岩石和几块未开垦的土地，裂开的地面干得连野草都无法生根。一条瓷砖铺就的小路通向前门，路面的砖块翻转开裂，而前门仅靠上部的铰链吊着。还有门廊前那些久经风雨的灰色木板，西奥妮觉得甚至撑不到她踩上去按响门铃。

"我被打入了地狱。"她小声咕喃了一句。

陪她一起来的魔法师阿维斯基皱起了眉头，"特维尔小姐，你应该明白，在一个魔法师的家里，永远不要相信你的眼睛所看到的表象。"

西奥妮干咽了一下，点点头。她当然明白，但她不在乎，至少现在不。鬼气森森的老宅似乎是对她这几日所作所为的回应。昨天晚上，趁魔法师阿维斯基在旅店大堂研究地图，她把旅店里所有能找到的纸塞进壁炉，一张张烧了个精光。也许那时她就招来了厄运。实际情况比她的想象更加恶劣，恶劣得多。她果然还是太天真了。

西奥妮叹了口气。她好不容易混过了十九年，然而一点一滴积累起来的所有成果都离她而去，分毫不剩。这让她既心寒又空虚。如今，她所有的梦想抱负都化为了再简单不过的纸页。她将在写写画画和阅读古旧的书籍中度过余生，生命中唯一能庆贺的就是寄信回家，信可以在抵达时自动打开。魔法师阿维斯基有那么多可供选择的介质——玻璃、金属、塑料甚至橡胶——可她偏偏选了纸。阿维斯基显然没有意识到，折术之所以成为濒危艺术，归根究底就是因为它毫无用处。

西奥妮不愿像学校的小女生那样被一路拖着走。她直起腰，艰难地朝门走去。尖茅插进地里，用裹着倒刺的铁丝一绑，勉为其难成了栅栏。她每往前一步，风力就更强劲一些，像是要吹飞她的帽子。

她刚伸手去拉栅栏的门闩，周围的景物忽然大变，吓得她跳起来，差点儿扔掉行李箱。她摸到的不再是用边角废料围成的栅栏，而是一个普通的钢丝网眼栅栏。太阳从高空的云层后露出来,微风习习,时断时续。面前的宅邸缩小了,变成了用普通的黄砖修砌的三层小楼。所有的百叶窗都拉起打开了,门廊坚固,就算一整队马群踩上去也不成问题。

西奥妮的手停在半空,双眼大睁,贪婪地看着面前的变化。她暗暗希望手一旦断开和门的接触,就能重现刚才枯燥阴郁的景象。但她松开门栓后,房子仍旧是三层小楼。虽然通往大门的小径没有特意修葺过,但小路两旁已不再是凸凹不平的岩石,变成了栽种整齐的五颜六色的郁金香。

西奥妮眨眨眼,推开虚掩的栅栏门走了进去。那儿根本没有郁金香,至少没有真正的郁金香。园子里的每一朵鲜花都是用折术栽种的纸花,每一朵绽放都来自完美的褶皱。花苞像真的一般,每当云朵遮住午后阳光,花瓣就会轻轻合拢,就好像纸折的花竭尽所能地想做真花。

匆匆一瞥,西奥妮注意到栅栏上垂挂着纸条,纸条上方还挂着整页整页的纸,纸张比人还要高,比载着她们来到这里的四轮轻便马车还要宽。是幻象。西奥妮想起了去年冬天在学校上过的一堂伪装课,老师提到用纸偶替代真人的魔法。她从未想到,这个技巧居然可以用来伪装整栋房子,而且还真有人能做到。

魔法师阿维斯基走到她身旁,漫不经心地褪着真丝手套。对于瞬间的变化她一点儿也不惊讶,更没因此洋洋得意。

西奥妮有点儿希望魔法师塞恩来开门，但这扇牢固的木门——浅棕色的油漆看起来更像橙色——始终安静地闭阖着。

或许他一点儿都不邪恶，西奥妮皱眉暗自想着，**只是个疯子罢了。**

她们穿过纸花铺成的小径，西奥妮走到门前，曲起手指，用力敲了敲门。她努力挺直身板，把五点三英尺高的身体撑到了极限。魔法师阿维斯基紧跟在一旁。西奥妮心不在焉地捋捋头发，松散的黄褐色发辫落在左肩。今天早上，她刻意没有打扮，既没穿上她最好的衣裙也没套上校服。没什么值得兴奋的，为什么要打扮？再说了，魔法师塞恩又没给她发津贴。

门后没有脚步声，把手却自己转动起来。门一打开，西奥妮就尖叫着后退了一步。

开门迎接她的竟然是一具骷髅。

就连魔法师阿维斯基也吓了一跳。但她的动作不大，看起来只是微微翘了翘嘴角，扶了扶架在她高得惊人的鼻梁上的圆眼镜。"哦。"她说。

没有眼睛的骷髅上下打量着他们。西奥妮手捂胸口，注意到这具六英尺高的骷髅全是用纸做的，头、脊椎、肋骨、双腿都是纸。至少用了上百张、甚至上千张纸，全是白色的，它们被裹成小卷，用折术折叠成各式各样的接头结点，拧在一起连起来。

"他疯了。"西奥妮说，声音挺大。阿维斯基从鼻子里哼了一声，婉转表达了对她的责怪。

骷髅闪到一旁。

"还有其他吓人的玩意儿吗？"西奥妮目不斜视跨进房间。穿过狭窄的门框时，她尽量远离骷髅。门后是一条长长的廊道，而后又分成三条走廊各自通往室内，两条往右，一条往左。走廊散发着古旧木料的气息。第一条走廊通往右边，连着一个很小的房间。里面堆满了各式杂物，却被安置得整整齐齐：架子上，从烛台到书籍，都摆放得规划有序、规规矩矩；壁炉的摆架上是陶土的蛋形笛、大理石套件和更多的书，挨在一起，排成一条直线。西奥妮喜欢观察细节，她看到沙发最左边的靠垫旧得绽了线。这说明魔法师塞恩经常坐在那儿，而且每次坐下时都喜欢往后猛靠。她还看到角落里挂着一个小风铃——选择那个位置真是奇怪，因为前厅不会有风，除非打开窗户，就算打开风也很小。她猜塞恩只是喜欢风铃的外形，而不是它的声音。

真是疯了。

角落的边桌上放着一个看起来像音乐盒的东西，旁边整齐地堆着一叠尚未拆阅的信件，和一个类似铁迷宫盒的东西。它们全都排成一条完美的直线。西奥妮从不知道原来一个有收集癖什么都不肯扔的人也能这么……整洁。这令她感到讶异。

门廊左边的门关着，不知道门后藏着怎样的房间。他们没继续往里走，西奥妮大声喊道："魔法师塞恩！你有客人来了，如果能来个真人，我们会感激不尽！"

"特维尔小姐！"阿维斯基在纸骷髅关上前门时压低嗓门带着嘶音说道，"注意礼貌！"

"噢，缺席不正是无礼的表现吗？"西奥妮问，自己也讨厌这种幼稚的语气。她清清嗓门，深吸一口气，"对不起，我有点儿急躁。"

"还用得着你说。"阿维斯基挖苦道。就在这时，从右边第二扇门里走出一个大活人，手里拿着笔记本一类的东西。

"真的来客人了呢。"男人一边说着，一边合上笔记本。

一阵风拂过他黑色的卷发。他用男中音补充道："我以为刚才的敲门声是我听错了。"

西奥妮握紧了行李箱，尽量不去深究这人的话，不去计较这算不算讽刺。

魔法师塞恩比西奥妮预料的要年轻得多，大概三十岁上下。他同样没花心思打理着装，既没有穿魔法师制服，也没有穿任何时髦衣裳，只是穿了件皱巴巴的、没有任何装饰的高领衬衫，外面罩了件轻便宽松的靛青色外衣，长得拖到脚踝。他的肤色不白也不黑，个头不高也不矮，身材不胖也不瘦。他深色的头发刚好垂过耳际，梳理过却依旧蓬乱。脸颊侧边直到下巴蓄着黑色连鬓胡子，鼻子中间的鼻梁骨上有一个微微的凸起。他脸上唯一出众的是那双明亮的眼睛，绿得宛如夏叶，神采奕奕，好像额头后面藏了一盏灯。

魔法师塞恩看了一眼西奥妮，面无表情，没有微笑，也没皱眉。

但通过那双明亮的眼睛，西奥妮看得出塞恩饶有兴致，到底是被她勾起了兴趣，还是他自己突然来了兴致就不清楚了。她暗自咬牙切齿。

"魔法师塞恩。"阿维斯基微微颔首，打了个招呼。西奥妮正猜测他俩到底有多熟，便听见阿维斯基说，"这位就是我在电报里跟你说过的西奥妮·特维尔。"

"对，对。"魔法师塞恩一边说，一边把笔记本放到沙发旁那摞尚未拆阅的信件上，和角落里的书排成一条线。他转过身，迎上西奥妮凝视的目光，"西奥妮·特维尔，是家里四个小孩中年龄最大的，也是毕业班里成绩最优秀的那个。今年，从学校那所监狱里活着出来了多少人？"

西奥妮理了理帽子，只是为了不要显得手足无措。"二十二个。"

"那你也算是小有成就了。"塞恩脱口而出，"希望在这儿，你良好的学习习惯能派上用场。"

西奥妮没有回应，只点了点头。她的确拥有良好的学习习惯，对此她引以为傲。不过对她来说，学校的课程总是很简单。她记忆力极佳，读过一两遍的东西就能记住。应付学习中遇到的困难和枯燥乏味的课程时，这项本领帮了她的大忙。希望在这里它也帮得了她。

魔法师阿维斯基清了清嗓子，赶在气氛变得尴尬前说："我带来了她的新制服，就装在箱子里。你准备好契约绑定了吗？"

"那是当然。"塞恩回答道，挥了挥手。他看着西奥妮，"我猜你是想先看看这里的环境吧。"

西奥妮有些发抖。她的未来就被这个人这么一挥手带过了。一旦她和一种介质签下契约，就再也没有回头路了——这可是终身绑定。她想找路逃跑，却发现身后站着那具纸骷髅，吓得她再一次尖叫起来。不管是谁，如果能用纸折一个魔鬼，估计鬼魂都不敢来这屋里作祟。

"犨头，终止。"魔法师塞恩话音刚落，骷髅就坍缩倒塌，在地板上瘪成了一堆纸骨。犨头那个用折术小心折叠的头骨落到了纸骨堆上。

西奥妮退到一边。一个人得病态到什么程度，才会用纸做个管家？除了这纸管家，就再没别人来应门了吗？

"你一个人住？"西奥妮问。

"我喜欢一个人住。"魔法师塞恩回答道，一边说着一边把她们带向走廊尽头，"这是书房，"他指了指左边关着的门，"餐厅从这里进。"他又指了指走廊右边的第二个房间。

西奥妮跟在后面，步伐缓慢，眼睛不时瞟过角落，担心会有另一个恶魔朝她扑来。

她没看到别的骷髅，只看到了一条很短的走廊，两面墙上都挂满了镜子，地上放了一条长凳，一个矮柜，矮柜上面放着一个空花瓶。墙上接近天花板的地方，挂着一排叠得很紧凑的蓝绿色和黄色的三角。走廊连着一个储物丰富的小厨房。单槽洗碗池周围铺着大理石台面，台面两边各有一个暗纹碗柜，中间留出一片足够操作的空间。清洗槽上方的铁搁板上放着一套炒锅和平底煎锅，黑色的锅底说明它们是常用之物。铁搁板四周缠着纸做的藤蔓，看起来很像那个纸骷髅犟头的骨头。犟头真的有什么用处吗？还是说它只是这位与世隔绝的魔法师闲极无聊的产物？

在这栋房子里，究竟有多少纸做的饰物是用来施展魔法的，又有多少只是毫无意义的装饰？

难道西奥妮只能像个搞装饰的装修工人那样度过一生吗？

西奥妮甩掉脑子里这个念头，打量着厨房的其他地方。魔法师塞恩的炉灶比她常用的窄很多，样式古老，价格不菲。西奥妮隐约觉得，在学习折术的间隙，她能躲到这里做做烹饪。毕竟，要不是得到了那份奖学金，她本来打算去上烹饪学校的。那里的学费只是塔吉斯·普拉夫学校的十分之一，而且西奥妮喜爱烹饪。她相信，如果申请烹饪学校，她一定会被录取的。

西奥妮穿过厨房来到餐厅。天花板上用细线挂着成百上千只纸鸟，栩栩如生，无声地悬荡在式样简洁的饭桌上方。饭桌下垫着棕色手编毯，旁边放着一个很高的、深色斑纹的碗碟架，上面堆满了盘子、书籍、餐巾纸、罐子和杯子——所有东西都紧挨着挤在一起，抽掉任何一个都会造成崩塌。架子顶端放着一些圆球和圆锥，全由更小的球体和圆锥体组成，形状奇异，看得西奥妮一阵目眩。要是没有这么多东西，这栋房子说不定还挺舒适的。

她信步走到桌边，手放到那里的一叠羊皮纸上，想着屋外栅栏的折术幻象，随口挖苦道："你家的大门口被你弄得挺骇人的。"

阿维斯基走进餐厅，向西奥妮投来一个警告的眼色。魔法师塞恩却淡然回答："是啊，令人愉悦，不是吗？"

他走过西奥妮身旁，握住一只长把手拉开门，后面是一道向上的陡梯。"请随我来。"

西奥妮提着箱子跟了上去。她听到第九级阶梯在脚下嘎吱作响，才爬上二楼，就觉得膝盖隐隐作痛。

"这是你的房间。"魔法师塞恩说着推开门，"你可以先放好行李。"

西奥妮走进去。这里不像别的房间，所有的架子都空着。既没有层层叠叠的书和纸，也没有小摆设。从地毯上的凹印判断，房间里原来的家具被挪动过了，换了位置，挪走了。尽管一周前就发了通知，但魔法师塞恩看样子并没有提前安排好，准备工作做得很仓促。

奇怪的是，墙和天花板上都没有装点着任何纸做的饰物——它们就那样赤裸着。房内唯一的窗户旁摆放着一张简单的双人床。床旁边的墙上钉了一个三层架。距离床几步远的地方，放着一张只有一个抽屉的简易书桌。房间里还有一个小衣柜，刚够放几套换洗衣物。另外还有一张小桌子，上面摆着一盏带把儿的烛台。

　　和塔吉斯·普拉夫学校的宿舍相比，这里虽然少了几个架子，但空间大了一点。不过，也许是因为在学校一直过得不错的缘故，她觉得宿舍比这里更温暖，更宜人。她宁愿留在那儿。

　　"谢谢。"她挤出这句话，放下行李箱。忽然间，她想起了藏在箱子里的那把手枪，1845 年产的塔萨姆手枪，带撞针锁定的那种。那是父亲送给她的毕业礼物，因为她曾计划成为一名铁熔魔法师。她决定待会儿再打开行李，免得被塞恩发现。魔法师塞恩大概也觉得到此为止最好，转身继续介绍其他房间。

　　"这边，"塞恩在西奥妮关上房门时说，"是盥洗室、我的房间和藏书室。"他说着，走到走廊尽头停下，那里还有另一道楼梯。接着，他对魔法师阿维斯基说："我已经安排好了，就在这儿签署契约。"

　　西奥妮的脚步慢下来。参观之旅看来要以签订契约告终了。

　　她盯着走廊尽头的那扇门，它和厨房通往天井的门一模一样。"三楼有什么？"也许上面藏着令人振奋的东西。也许她能在那儿找扇窗户跳出去。根据一、二楼天花板的高度判断，三楼非常高。对于一栋偏僻的乡村房舍来说，这样的高度太奇怪了。

　　"上面有大魔咒。"塞恩回答道，语气平淡，明亮的双眼却充满笑意。难道他不知道这双眼睛会泄露许多秘密吗？

　　西奥妮告诫自己：不能把这个发现告诉他。想在这里生存下来，她需要利用所有优势。

　　塞恩用肩膀挡住了去三楼的路，西奥妮只好拖着双腿，跟着阿维斯基走进藏书室。藏书室比她的房间大不了多少，只是侧墙上安有书架，一直通到天花板。不出西奥妮所料，每个可用的空间都挤满了书，书脊挨着书脊，有的地方还堆成两排，根本看不见里面那排是什么书。书架好像最近才掸过灰尘——估计也就这几天才清扫过。她刚这么想，就打了个喷嚏。从远处窗户透进的光里，能看到一条明显的灰尘痕迹。她的目光随即被围在窗边的一圈纸链吸引了，还有窗下的松木桌，桌上摆满了各种型号和颜色的纸张，按照颜色和质地由浅至深、由粗糙到细滑分好了类。桌子右角边上，放着一台小电报机。

桌前唯一一把椅子被转过来，上面支着的一块黑板上挂着一张光滑的、白如蛋壳的纸。没有任何装饰和渲染，只是一张纸。

看着看着，西奥妮恍然大悟。

这就是她的坟墓。

她对物质契约略有所知，那是她去年在学校学习的数十门科目中的一科。没什么新奇的，只不过是用誓言将你的灵魂和某种媒介物连接起来，让你能通过这种媒介物——而且**只能通过这种媒介物**——施展魔法。举个例子，一个人无法同时通过玻璃和火来实施魔咒。只能通过一种媒介物。与纸绑定以后，西奥妮不可能再有机会成为一名铁熔魔法师，像她在学校做的那些白日梦那样，对珠宝和子弹施展魔法。

真不公平，但她再怎么抱怨也没用。所有人都心知肚明。魔法师阿维斯基明白，魔法师塞恩更是清楚。西奥妮有自由选择介质的权利，然而，排在她前面的学员没有选择折术——这项最弱小的魔法——轮到她时，就只能和纸绑定了。

魔法师塞恩递给她一页白纸，八乘十一的标准规格。西奥妮用指头夹住，翻过来，背面也是白的。没有任何字迹，也没有被施过任何折术魔法。什么都没有。

"这是干什么？"她问。

"感觉一下。"魔法师塞恩说着，双手背到身后。

西奥妮捏着纸页，期待魔法师塞恩会讲个清楚，可他仍旧保持沉默。又过了几秒，西奥妮把纸页压在手掌之间，前后轻轻揉搓，开始"感觉"。

纸魔法师的眼里透出笑意。他一言不发，抽回稍稍被弄皱的纸。"你知不知道契约誓言该怎么说？"他轻声问道。也许，她的眼睛和他的一样容易泄密。

西奥妮木然地点点头。与魔法师阿维斯基在马车里的漫长对话浮上心头。"你要么学折术，要么一事无成。为了保持平衡，只能这样。"魔法师阿维斯基说，"特维尔小姐，别让谣言和无关紧要的事干扰了你。折术需要敏锐的目光和灵巧的双手——你两者皆有。其他人都接受了命运的安排，你也不可能例外。"

这样的命运，其他人真的接受了吗？难道这一席话仅仅是为了让她签下契约放弃梦想？

两位魔法师都盯着她。阿维斯基和往常一样，板着一张脸，塞恩的眼神里却有一种奇怪的笑意。

西奥妮咬紧双唇。依照魔法规则，她知道要么选择纸，要么一无所成。她宁愿成为一名折匠也不愿接受失败。

她抬起冰冷湿腻的手，按在椅子上的纸页上，闭上双眼，咬紧牙关说："由人所铸之介质，汝主相召。汝与吾契，不归尘土，不违此约。"

绑定的誓言如此简单，却一锤定音。

西奥妮的手温暖起来，一股暖流涌向手臂和身体，又转瞬即逝。

没有回头路了。

第二章

"我一直都觉得绑定是件极其扫兴的事。"魔法师塞恩从椅子上拿起黑板，问西奥妮，"你想留着它吗？"

西奥妮眨了眨眼，把那只才签下契约的手按在胸前，"留什么？"

他抖了抖那一页巨大的纸，"有些人觉得这是份情感记忆。"

"我可不想要。"她说，语气略显尖刻。塞恩似乎并不在意，他把纸页靠墙放好，再将黑板沿着那些纸垛放平。

桌上已经没地方可用了，魔法师阿维斯基只好蹲在地上，打开她硬邦邦的塑料公文包。箱子是由一位纤维魔法师做的——纤维魔法是三十年前，在橡胶魔法师发现塑料之后创立的魔法种类。阿维斯基从公文包里取出一套学徒服装：一条揉得皱巴巴的红围裙，一顶黑尖帽。

虽然西奥妮胃里阵阵绞痛，脑海里尽是破碎的梦想残片，她还是带着敬畏，默默接过衣服。

学徒的围裙和学生的绿围裙不同，下半截有褶皱，领子上镶着大红色细镶边。围裙上面宽大，盖住大部分身体，在后颈处和腰部系上结，围裙两侧还有两个半圆形的小兜。

帽子又挺又亮，是魔法经验颇丰的标志。学生装没有帽子。尽管西奥妮踏上的道路狭窄黯淡，但至少围裙和帽子证明了她的价值，证明她从塔吉斯·普拉夫学校毕业后已有所成就。只学习了一年就已是班里的佼佼者，这样的成绩来之不易。

"谢谢。"她说着，将围裙抱在胸前。

魔法师阿维斯基笑了，那种她在学校经常给予西奥妮的微笑。这笑容让西奥妮非常喜欢她。*我要是能在她的教导下学习就好了*，西奥妮想。如果有机会，她宁愿选择玻璃，也不愿意用纸。

阿维斯基蓦地挺直肩膀，生硬地驱散了这一刻的温情，说道："我自己离开吧，除非你还有其他纸仆来送我走。"

塞恩眼带笑意，"派翠丝，我送你出去。西奥妮，你呢？"

"我就……待在这儿吧，如果你们不介意的话。"她说。西奥妮有种感觉，如果现在跟着阿维斯基返回马车，她一定会逃走永不回来。而且，尽管西奥妮挺鄙视自己的软弱，但她知道自己得先安定下来，等到自己有足够的能力之时离开。她已经和纸签下了永久契约，如果现在就逃走的话，她在塔吉斯·普拉夫学校的艰辛努力就付之东流了。

魔法师塞恩点了点头，把那张皱巴巴的、她"感觉"过的纸递给她。西奥妮迷惑不解地接过来。也就是那么几秒之间——刚够魔法师塞恩和阿维斯基走到藏书室门口——她就发现羊皮纸发生了变化。

她把羊皮纸翻过来，既没有看到任何折术痕迹，也没有字迹，但是，羊皮纸本身感觉起来却已经有了变化，很难描述。毫无疑问，感觉仍旧像纸——那种素描艺术家用的轻便的纸张——但她能感到皮肤下的悸动。难道是因为签了契约吗？是不是因为这个，魔法师塞恩才坚持要她触摸羊皮纸，好让她现在能感觉到不同？

带着迷惑，西奥妮把羊皮纸放到椅子上，匆匆赶到藏书室门边，向外看去。魔法师阿维斯基和塞恩正在走廊尽头讨论着什么，声音很小，西奥妮什么也听不到。她忍不住跟了上去。当两位魔法师消失在楼梯口时，西奥妮蹑手蹑脚地穿过走廊，等他们走入餐厅后，她才下了楼梯。下楼时她特别留心第九级，生怕弄出响动。她匆匆赶到他们身后，看到魔法师阿维斯基终于出了门，魔法师塞恩跟在她后面，用后脚跟挡住就要合拢的房门。他们压低了声音说话，西奥妮怀疑这是故意不让她听到。魔法师阿维斯基不会相信西奥妮会是个听话的人。

她警惕地注视着门边犁头的那一堆纸骨头，沿着大厅悄悄往前靠近一些，可仍旧听不清两个老师的谈话。可惜，她不敢再往前了。

于是，她干脆拧开塞恩的书房门，溜了进去。

书房里的东西比其他房间里的更多，也更有序。最抢眼的是最远处那面墙上的圆形窗户，那里刚好对着施了魔法的大门。黄色的纸质窗帘被拉开，露出许久都未从外面清洗过的窗玻璃。窗户下的铁架上搁了更多的书和文件夹，还有一些纸册，和魔法师塞恩刚才拿的笔记本十分相似。铁架斜对面有一个三组件的柏木书架，有四层高，每一层上都整整齐齐地摆满了纸页，没有一丝空隙。很多纸页虽然还没有折出形状，却都被施了法，也许是为了以后使用时能节约时间。看样子，不少小法咒都喜欢使用 V 形法纸。西奥妮猜，自己作为一名学徒，以后大部分时间就要浪费在准备这些法纸上了。这些对魔法师塞恩来说也就是打发时间时教教她的简单魔法。她叹了口气。

第二扇窗户是正方形的，外面缀满了常青藤。窗户前挂着各式各样的纸链，有的叠得棱角分明，有的折成了大圆圈，相互松散地套在一起，轻轻一提就能拆散。有些纸链是蓝色的，有些是粉红色，其他则是各种颜色混杂在一起。当然，颜色不是关键。这一点，西奥妮在塔吉斯·普拉夫学校的介质历史课上学过。

她发现淡绿色的地毯上散落着一些细碎的小纸片。要么是魔法师塞恩还没来得及扫掉，要么就是在她来之前才准备的为了吓唬她的小玩意儿。

西奥妮扫视房间，寻找魔咒的踪迹。但房里东西太多了，除了勉强看出杂物下还有张桌子外，她什么也没发现。墙壁却截然相反，空荡荡的，只有个画框，里面是魔法师塞恩的魔法证书。书桌后的角落里塞了更多架子，上面摆满文件夹。

西奥妮听到了前门关上的声音，但她一点儿也不急。她蹲下身，从地毯上捡起碎纸片，用手指展开。感觉很微妙，皮肤下再次出现令人好奇的悸动。她着魔地看着这些碎纸片。每片都比她的指甲盖还小，每片都有奇异的对称图案。

书房门开了。"好玩吗？"魔法师问道，语气轻松。

至少他没有生气，西奥妮偷偷地想，嘴上却大声说："原来你是在做雪花呀。"她研究着一张被拉长的心形纸片，接着说，"雪花就是用这样的纸片做的，对吧？"

他点了点头，绿色的双眼一亮，脸上却不动声色，"观察敏锐。"

西奥妮站起来，拂了拂长至小腿的棕色腰裙。要不是他的眼神露出真诚，她真觉得他是在嘲笑她。这人真的难以捉摸。

"西奥妮，"魔法师塞恩斜靠着门框，双手交叉放于前胸，长长的袖子垂下来，"我猜我可以直呼你的名字吧。"不等她回答，他又继续说道，"也许折术不像铁熔那样令人兴奋，也不像纤维魔法那样有创意。但折术并不像你想象的那么枯燥无味，它本身也很有创造力。我能向你展示一下吗？"

西奥妮悄悄皱了皱眉，努力装出对这个建议一点儿都不觉得无聊的表情。毕竟,如果不出意外,她至少得在这个人手下当两年学徒。她需要他喜欢自己。她勉强挤出一个礼貌的微笑,向门口走去。

魔法师塞恩退出书房,跨进走廊。西奥妮跟上去时,眼睛瞟过堆得满满当当的书桌。有样东西让她停住了脚步。那是一个信封,颜色和她塞在行李箱侧包里的一模一样。若不是颜色相同,也不会引起她的注意。

她后退了几步,伸手去够铁丝文件架上的信封。文件架上虽然塞满各种信件和明信片,边缘却对得整整齐齐。她选中架子中间那个粉红色的信封,挑出来,吃惊得几乎感觉不到指尖的颤抖。信封上的地址不是魔法师塞恩的,而是魔法师内阁的。还有,那是她的笔迹。这封信是她写给内阁的,因为她的赞助人是匿名的,若不是通过内阁,她根本不知道如何与她联系。

或许,是与他联系。

不用打开她就知道里面的内容。每一字,每一句,她都记得。

致我的匿名赞助人:

对您给予我的奖学金,即便知道您的联系地址,我也不知该如何表达我最诚挚的感激。从我还是个小孩起,我就对魔法充满梦想。但基于家庭的经济状况和自身的不幸,直到几天前,我都以为我的梦不会实现了。然而此时,我高兴地告诉您,我已经被塔吉斯·普拉夫学校的魔法学院录取了,我计划一年后毕业,让您骄傲。

言语无法表达我的喜悦和感激。我会努力，请您给予我耐心。您已经改变了我的人生，改变了我的生活，永远改变了，变得更好。是您的慷慨让我相信自己能有所作为。现在，再没有什么能阻止我实现梦想了。

您完全改变了我的生活。我祈祷，愿有一天，我能知道您的名字，并且能有机会报答您。

给您最温暖的问候。

您忠实的，

西奥妮·玛雅·特维尔

西奥妮全身发僵，头重脚轻，"你……就是我的赞助人？"

站在门外的魔法师塞恩抬了抬眉毛。

西奥妮把信翻过来。"这是我写的致谢信。"她说着，感到心脏在胸腔里越跳越快，一层红晕爬上脖颈，"我的奖学金，原来……原来是你给的。"

魔法师只是微微把头往左侧了侧，"那种地方的学费贵得可怕，对吧？"

"为什么？"西奥妮问，竭力不让声音发抖。她觉得嗓子发麻，"你为什么……要赞助我？"

从一开始，西奥妮就知道，只有依靠赞助，她才能上魔法预备学校——塔吉斯·普拉夫学校。这是所有魔法学徒的必经之路。在中学,她刻苦学习,获得了该校的穆勒奖学金提名,但不知为什么,她被剔除了。她伤心地收拾行李,准备搬到阿克斯桥区,当一年的保姆,挣点儿工钱好付烹饪学校的学费。离动身还有四天,塔吉斯·普拉夫学校联系上她,说有人为她赞助了一万五千英镑,足够支付一年的学费、书籍和住宿费用。简直是奇迹——没有哪家银行会给一个从白教堂米尔来的穷孩子发放这样的巨额贷款。她试过,所以知道。

收到电报后,她哭了,第二天就写了致谢信。

魔法师塞恩——这个她今早才遇到的人,这个被她打上疯子标记的魔法师——正是那个资助她的人,那个不留姓名的人。

魔法师塞恩没有回答,只是简单地挥了挥手,问道:"我们还走不走?"这一挥手就结束了所有疑问。如果塞恩想在奖学金的事情上做文章,他早就会在赞助的时候留下名字了。

西奥妮颤抖着放下信,揉搓着后颈,跟着魔法师跨进走廊,穿过厨房和餐厅。他也许不愿再提这事,但她却不肯就此罢休。上楼梯的时候,她问:"是你要求把我分到这儿来的吗?"

"我敢保证,你被分到这里纯属巧合。或许掺杂了一点点魔法师阿维斯基的黑色幽默,如果你觉得那是幽默的话。我总觉得她那人……挺无趣的。"

巧合!西奥妮惊讶得不知该怎么回答才好。她跟着魔法师塞恩返回藏书室,她的学徒衣还放在地板上。她迅速穿上围裙,却没戴帽子。毕竟,帽子只是戴给别人看的。

魔法师塞恩把椅子拉过来,让她坐下。他从桌上拿起几页纸和一块看起来类似剪纸板的东西,在绿色地毯上盘腿坐下,身上的长外套如同女士长裙般铺散在身旁。

"我,我去给你抬把椅子吧。"西奥妮说。此时,坐在魔法师塞恩面前,她一边仍为成为一名折匠失望,一边又有些奇怪的感觉。她知道他帮助了她,却不知道背后的原因。那封她修改了四次的致谢信,他收到了。对于这样的情况,没有哪种礼仪课或者教科书教过她该如何应对。

"用不着。"魔法师塞恩说着,朝剪纸板躬下身,毫不在乎垂到眼前的头发和手腕处碍手的衣袖,"我有句私人格言:永远不要直接在一个人的腿上做折术。"

西奥妮想了想,笨拙地问道:"在一个人的腿上,还是你的腿上?"

魔法师抬头看了她一眼,说:"不管是谁,如果我直接在人家腿上做折术,他准会觉得我是个怪人。"说话时他没笑,但她窥到了他眼中的笑意。

"他们也许本来就觉得你是个怪人。"她说完才意识到自己说了什么,脸红了起来。在他的善意面前,她的尖刻失去了往日的快意。也许,面对这种由赞助人变老师的情况,最好的应对方式就是假装几分钟前什么都没有发生过。这样做最简单。

魔法师塞恩笑了,把目光转回面前的剪纸板。"每做一样东西都要用上魔法折术。"他一边操作一边说。他用折术将一张正方形的橘黄色纸页对折,然后再对折,"这个你是明白的。不过关键是要折法正确。每一样东西都要像这样对齐,否则魔咒无效。就好像如果一面镜子不能完美反射影像,你就不能对其施咒一样,同样的道理。"

"或者就像如果没有正确的食材,就无法烤出酥皮水果馅饼一样。"西奥妮轻声说。虽然魔法师塞恩只是点了点头,但她觉得,只要是个认可,即便很小也很重要。西奥妮看着魔法师用看起来与一般人无异的双手折叠纸页,旋转,抖开。他的手就像如鱼得水般灵活。对他而言,让纸张随心变化毫不费力。西奥妮研究着每一个步骤,记在心里。

魔法师塞恩折出了一个看起来像风筝的东西,然后撑开,变成长菱形状。手法不算复杂,但西奥妮还是在他快折好时才看出那是一只小鸟。不同于那些悬挂在厨房里的鸟,这只鸟长着长长的脖子和尾巴,还有宽阔的三角形翅膀,压痕完美。

他把鸟儿放在手心,伸出手说:"呼吸。"

西奥妮吸了一口气。但这句话不是对她说的。

纸鸟儿摇头晃脑,尽管没有腿,它还是在魔法师塞恩的手掌上跳了一下,接着扇动橘黄色的翅膀,飞了起来。它在藏书室里轻快地飞着,几乎像真正的鸟儿一样在空中穿梭。西奥妮双眼大睁。鸟儿盘旋了两圈，最后停在一个高高的、摆满各式各样书法书籍的架子上。

她当然听说过赋生术，也见过犟头，但亲眼见证魔法成真，还真是神奇。以前，她从未见过这类魔咒。塔吉斯·普拉夫学校可没有纸魔法师授课。而且，就像魔法师阿维斯基说的，整个英格兰也只有十二位纸魔法师在职。一旦她完成学业，就会有十三个。但那要花上两到六年。西奥妮很难想象自己会成为一名真正的折匠。

但她太渴望学习魔法了，即便是学习如此简单的魔法也好。

"你什么都能变活吗？"西奥妮问。

"这需要想象力。"魔法师塞恩回答，"不过，想创造出全新的东西还需要时间。你得学会分辨哪些情况下折术有用，哪些情况下没用。"

"那你能分辨多少呢？"

这个问题挺抽象，魔法师塞恩暗自笑了笑。在他手里，此时又出现了另一个新创造的小动物，一只小小的青蛙，用绿纸折的。他发出命令："呼吸。"青蛙跳跃着跑开，改变方向时还时不时停下来四处张望。西奥妮几乎感觉到它就要伸出舌头捕捉苍蝇了，可惜魔法师没有折苍蝇。

"折犟头很考验人，"魔法师塞恩折着一张白色的羊皮纸说，"我花了好几个月的时间才折对。最难折的是脊椎和下巴。人体解剖学有点儿复杂，特别是在折肩膀关节这一类地方的时候，尤其需要想好该用哪种折术。尽管折犟头用了一千六百零九张纸，但他是作为一个整体进行赋生的。只有这样，他才会以一个整体的形态复活。这是今天教给你的第一课。"

他双手一停，手掌间出现一条肥硕的鱼，饱满的三维身体中间鼓鼓的。折鱼鳍所用的折术魔法和折鸟翼差不多。魔法师塞恩举起它，小声说了几句，放开了手。鱼儿朝空中猛然一跃，如同一条真正的鱼在水中跳跃，鱼尾前摇后摆直至撞到天花板。西奥妮注意到，天花板上覆盖着很多白色长纸，用一根细线连接起来。白色的鱼儿嘟起嘴唇，咬住细线，解开了上面的圆扣。

令西奥妮吃惊的是，开始下雪了。纸雪花从天而降，有的和她的拇指指甲一样小，有的却和她的手掌一样大。纸做的天花板塌陷了，成百上千的雪花倾盆而下，降落时有快有慢，纷乱错杂，仿佛是真的一样。西奥妮站起身，笑着伸手接住一片。更让她吃惊的是，雪花冰凉，却没有在她的手掌中融化，只是微微悸动着。

"你什么时候做的？"她问道，呼出的热气在藏书室里凝成白霜。更多的雪花落下来，如同天花板上飘洒而下的五彩纸屑。"这个需要制作……很久吧。"

"也没多久，"魔法师塞恩说，"你学着学着动作就快了。"他仍坐在地板上，丝毫不因身边的魔法而惊慌失措。他当然不会慌张，因为这些全都出自他的双手。"魔法师阿维斯基说分配你的时候，你不高兴。我不怪你。不过，通过纸也能做出很多异想天开的东西。"

西奥妮让手里抓住的雪花滑落，转过身来，迷惑地看着魔法师塞恩。这一切难道是为我做的吗？

也许这人没那么疯。也许，这是一种我还不会欣赏的疯狂。

最后一片雪花落下。魔法师塞恩从身后的书架上抽下一本窄窄的硬壳书。他再次示意西奥妮坐下。她照做了。

他将书递给她。封面上有一只浮雕银鼠，书名是《勇敢的皮普逃亡记》。她接过书，再次感到了皮肤下那细微的刺痛。她不知道自己以后会不会适应这种刺痛。

"孩子看的书？"她问。雪花至少还有些庄重。

"我不是浪费时间，西奥妮。"魔法师似乎读懂了她的心思，同时看了看满地雪花。西奥妮猜想也许他更希望雪花降落时，能排成完美的队列。可惜真正的雪花从来不会那样。"我打算教你一样东西。这本书就当是家庭作业吧。"

西奥妮往椅子上一靠，"家庭作业？可我还没有安顿下来呢……"

"读读第一页。"他下巴往前一挑。

西奥妮抿了抿嘴，打开书翻到第一页，上面画了一只小灰鼠，坐在一片叶子上。记忆忽然被触动了，她小声告诉自己以前见过这幅画。她拼命地想，终于记起那是七年前一个下雨的下午，她给邻居的小男孩当临时保姆。因为妈妈的离开，小孩已经对着门抽泣了半个小时。那家人就有这本书，都快翻烂了。西奥妮记得给小男孩念了这本书。念到第四页时，小孩就不哭了。

但对魔法师塞恩，她不想提起这段记忆。

"一天早上，灰鼠皮普出门去做运动，却在门外的树桩前，发现了一块金色的楔形奶酪。"她念完这一页，刚要往下翻，魔法师塞恩叫住了她。

"不错。"他说，"再念一遍。"

西奥妮愣了一下，"再念一遍？"

魔法师伸手指指书。

西奥妮压下另一声叹息，念道："一天早上，灰鼠皮普出门去做……"

"用点心，西奥妮！"魔法师塞恩笑着说，"普拉夫学校难道没有给你们开故事幻境这门课？"

"我……没有。"实际上，西奥妮根本不明白他说的是什么。她想保持心平气和，却还是有些沮丧。她不喜欢同一件事犯两次错，尤其是不明白第一次错在哪里。

魔法师塞恩双手抱胸，身体斜靠着桌子问："故事写在什么东西上？"

"这算哪门子问题？"

"算你该回答的问题。"

西奥妮眯起双眼。他语气里带着责备，但表情倒还放松。"这不明摆着吗，写在纸上。"

魔法师塞恩弹了个响指。"这就对了！现在，纸就是你的领域。你要把两者联系起来。还有，要冷静。"他想想又补充了一句。

西奥妮脸蛋绯红，她咒骂自己脸皮太薄，红起来那么显眼。她清了清嗓子，冷静下来，重新又把这一页慢慢读了一遍。

魔法师塞恩打了个手势，让她再读第三遍。

西奥妮咽了口唾沫，闭上眼睛，努力让回忆把自己带回邻居家中：小男孩坐在她腿上，她的手里拿着他最爱的书。**你就像在给那个小孩念书一样**，她想，**把两者"联系"起来**。也许这次之后，这个纸魔法师会饶了她。她已经第三次揣摩他究竟有多疯了。

"一天早上，灰鼠皮普出门去做运动。"她用七年前努力安慰小男孩的感情念道，"**却在门外的树桩前，发现了一块金色的楔形奶酪**。"

"你做到了。自己看看吧。"

西奥妮睁开眼睛一看，手里的书差点掉到地上。

就在那儿，坐着一只小灰鼠，如同空中的幽灵。它长着一个躁动不安的小鼻子，尾巴像条懒虫似的拖在身后。在它身边有一个树桩，上面还有一片宽宽的树叶，旁边有一块金色的楔形奶酪，和书里描述的一模一样。整个幻象在她眼前浮动，而她却能透过幻象，看到对面的书架。

西奥妮结结巴巴地问："难，难道？这是我做的？"

"嗯。"魔法师塞恩轻轻应了一声，"幻境术能帮你看到景象，就好像书里的插画。熟练之后，只要你想，你就能在阅读小说的时候在身外制造书中的景象。我得承认，你给我留下了很深的印象。我还以为我得先示范一遍呢。你好像原来就很熟悉这个故事。"

西奥妮的脸又红了，因为受到了表扬，也因为他居然安排自己读这个故事，这毕竟是小孩的玩意儿。幽灵的幻象又持续了一小会儿才消散，如同那本未读之书。

西奥妮合上书，看了一眼新老师，"这真……太美妙了，不过，如果用审美的标准说，我觉得这本书挺肤浅的。"

"但也很有趣。"他针锋相对，"千万不要忽略趣味的价值，西奥妮。人人都想拥有高雅趣味，可那从来不会是免费的。"

"再教你一招。"魔法师塞恩从桌子上抽出一张正方形的灰色纸页，也不用剪纸板就开始使用折术折叠。这次的折术技巧看起来挺简单，折出的东西像个鸡蛋盒，没有盖子，只盛得下四枚鸡蛋。

他从外套里抽出一支笔，开始在盒子上写写画画。西奥妮发现他是个左撇子。

"这是做什么？"她问，站起来，把《勇敢的皮普逃亡记》放到椅垫上。

魔法师回答道："做一个预见之盒。"他提着斜对的边角，把这个盒子翻过来。西奥妮的目光越过他的手臂，看到他在每一个施过魔法的三角区里都画了符号。她认出全都是预言符，那种在嘉年华的小摊子上，算命师画在牌上的符号。

"我又不是预言家。"她说。

"你现在就是。"他回答说，手指挤磴盒边。他将盒子翻来转去让西奥妮看清布局。"西奥妮，记住，和一个小时之前的你相比，现在的你更不一样了。刚才的你，基本上只是**读过魔法**；现在的你，已经**拥有**了魔法。即便否认也不会让你恢复平凡。"

西奥妮点点头，揣摩他说的话。

"现在，"魔法师身体往桌子一靠，"告诉我你母亲娘家的姓氏。"

西奥妮捻着指头。把母亲娘家的姓氏告诉魔法师塞恩可不会是好事。以前在学校，她听说过不少古老的魔咒都需要用到名字，老师也经常提醒她小心名字的魔力。

魔法师塞恩从预见之盒上抬起双眼，"你可以相信我，西奥妮。别胡思乱想。要知道，如果我想使坏，我完全可以去查你在普拉夫学校的记录。"

"真会安慰人。"西奥妮喃喃道，不过还是露出了笑容，"姓氏是福灵格尔。"

魔法师塞恩像张开嘴巴一样拉开盒子，然后又朝另一个方向拉开，每说到姓氏中的一个字母就拉开一次。这是一个极为常见的姓氏，他很容易拼对。"现在，告诉我你的出生日期。"

她说出日期，他再次前后拉开盒子。

"挑个数字。"

"十三。"

"不能大于八。"

她叹了口气,"八。"

魔法师塞恩腾出一只手,挑起一格,露出一个符号。

西奥妮看不见是什么符号。魔法师看完后愣了一下,目光有些许迷蒙,然后说:"真有趣。"

"什么有趣?"西奥妮问着,想绕过他偷看。但他却拿开了盒子,不让她看到。

"看到自己的未来是不会带来好运的。现如今,他们究竟都在教新学员些什么呀,连这都不懂?"他说着还弹了一下舌头,西奥妮搞不清他是不是在开玩笑,因为他的目光仍旧停在盒子上,丝毫没泄露任何秘密。"看起来,你会在未来冒点儿险。"

那是。和你同处一室本来就非常"冒险",西奥妮想。对任何人来说都是冒险。不过,这个念头才一出现,她就后悔了。至少这人目前还没冒犯过她……只是还没而已。

"只说了这么多?"她问。

"我只能看到这些。"说着,他把预见之盒交给西奥妮。她接过来时手指一阵发麻,身体再次感到了契约绑定的力量。

"你都看懂了吗?"魔法师塞恩问。

"看懂你做的每个步骤?"

"是的。"

"都懂了。"步骤很简单。

"那好，你试试看。"

西奥妮用手指撑住盒子，"你母亲娘家的姓氏是什么？"

"伍拉德拉，"他回答说，"拼写里只有一个 r。"

西奥妮按照魔法师塞恩的步骤将盒子打开又合拢，然后根据他出生日期又翻转了几次盒子。她之前猜对了——他三十岁，下个月满三十一。最后，魔法师塞恩选择了数字"三"。

"三可是个倒霉数。"西奥妮说着挑开盒边。

"那只是对铁熔魔法师而言。"他反驳道。这话不经意地提醒她，她永远也不可能成为一名铁熔魔法师了。她咬紧牙关，掩饰心里不断发酵升级的失落感。

她看到一个弯弯曲曲的符号，长着一个扭动的脑袋——她不熟悉这个符号，如果以前见过，她一定会有印象。还没等她张口问这代表什么，她的眼前就出现了双重视觉，浮现出一个奇怪的画面：一个女人的轮廓，可她并不认识。更奇怪的是，脑海里同时还出现了一个名字。这正常吗？

她放低预见之盒，眯起眼看着魔法师问："谁是里拉？"

尽管魔法师塞恩的表情毫无波澜，态度也没有任何变化，但西奥妮敢发誓，有那么一瞬，他的眼里闪过一丝黑暗和退缩。似乎……他的双眼似乎不像之前那么明亮了。也许是窗外的斜阳暗淡了他的双眼，但西奥妮觉得不是因为夕阳。

他两指轻敲下巴，"有趣。"

"她是谁?"

"一个老熟人。"他说着,嘴巴动了动算是微笑,"我想你对折术有着与生俱来的天赋,西奥妮,这对我俩都有好处。用这盒子好好练习,再把那本书也用上。希望到了星期六,你可以展示所有幻境。现在,你最好去打理行李。"

对于预见之盒,魔法师塞恩没再说什么。他走到门口,把头探进走廊,大叫一声"呼吸!"等了一下,他又叫道:"犟头,你能不能过来收拾收拾这烂摊子?"

西奥妮把预见之盒放回桌子,心里猜着魔法师塞恩所谓的"烂摊子"是指这些雪花呢,还是指她。

第三章

　　西奥妮胳膊下夹着《勇敢的皮普逃亡记》，赶在犂头来之前捡了几片雪花。尽管纸质结构的犂头很温顺，西奥妮还是很怕这个活骷髅。她离开藏书室，把最小的一片雪花装进裙子口袋，以备学习。

　　魔法师塞恩已经消失在卧室门口，西奥妮也进了自己的房间。她把书和帽子放到桌上，把行李箱甩上床，旁边放着她带来的小帽子。

　　行李箱暗扣响了两声后打开了。最上面放着绿色的校服，那是她在最后一秒决定放进去的，以防万一。她把校服放到一边，取出衬衫和围裙，抖开每一件，试图抚平折痕。还好，纸魔法师在衣柜里准备了衣架，西奥妮慢慢地把每一件衣服都挂了进去。

收拾到最后一条裙子时，她顿住了，思绪从把内衣和枪藏哪儿转到了奖学金上。**一万五千英镑。**如果没有那笔钱，她今天会在哪里？在某个贵族家里擦地板，希望能挣够烹饪学校的学费？

为什么魔法师塞恩要给她钱？在此之前，她从未见过他——如果见过的话，她肯定会记得。奖学金没有名称，是一次性的。西奥妮不相信像他暗示的那样，自己是因为成绩优异而通过了一次性奖学金的筛选。

或者，她确实通过了？

魔法师塞恩究竟是什么样的人，会为一个完全陌生的人捐出如此大的一笔钱，而且还不要求对方来当学徒？

西奥妮返回行李箱旁，猜测魔法师的收入是多少。肯定是个大数额，要不然就是魔法师特别会攒钱，就像积攒屋里那么多杂七杂八的物件那样。西奥妮希望是前者，否则她会为此非常自责。瞎打听确实不太好，可不知道真相总是让她胡思乱想。

西奥妮决定从现在开始，不再瞎想，把注意力集中在眼前的事情上。她把手伸进箱子，里面装了化妆品、无边平顶帽、日记本和一张图书馆借阅卡。图书馆那么远，这张卡在这里没什么用。她又走神了。手碰到压在内衣下的一个绿松石项圈，她拿起来，拇指滑过磨损的两端，那里被咬得又破又旧。就在昨天，她取下了比兹的狗牌，把狗交给了母亲。那只杰克拉塞尔小狗现在由母亲替她照看。

西奥妮叹了口气。这几年里，那只狗是她最好的朋友，尤其是在塔吉斯·普拉夫魔法修炼学院。在那里，如果你想在指定的时间内毕业，繁重的学业让你根本没时间交朋友。好在比兹没有家庭作业，它每天都会迫切地等在西奥妮的宿舍门前，等她下课回来。最好的朋友就是这样养成的。

"你是有只狗，还是有只大猫？"

西奥妮的心脏差点儿停跳，她转过身，猛地合上行李盖，藏起里面的内衣和枪。魔法师塞恩手里抱着一大摞书，站在门口，没有跨过门槛走进她的房间。她原本该关上卧室门的。

西奥妮握紧项圈，"有过一只狗。它和我一起住在学校里，不过魔法师阿维斯基告诉我不能带狗来这儿，因为你会过敏。"

塞恩缓缓点了点头，明亮的双眼若有所思。"我从来应付不了动物，还是个小男孩时就这样。"他和气地说，"我更喜欢蜜蜂。"

"蜜蜂？"西奥妮问。

他看着她，表情仿佛在说这种喜好再正常不过了，她这样问真是大惊小怪。可能对此他已经习以为常，并没有再继续这个话题。

"我能进来吗？"他问。

西奥妮点了点头。

魔法师塞恩用脚尖踢开门，走进房间，把书放在桌上。西奥妮吓得往后缩了缩，唯恐这些书是给她看的。

"如果厌倦了皮普的故事，就看这些吧。"魔法师塞恩说着，拍了拍那摞书。

西奥妮侧弯下腰，看到了书名：《青春占星术》《人体解剖学第一卷》《马库斯·瓦特烟火导论》《航空论》《灵魂安顿：论道》。西奥妮越看嘴巴张得越大。

"可这些书都和纸无关啊。"她说。

"哦，塔吉斯·普拉夫学校怎么会录取你，我可看出原因了。"他说着，扑哧笑出来。西奥妮瞪了他一眼，他却无动于衷地继续说："西奥妮，纸不只是树木穿过木材削片机那么简单。这些书，对你未来的学习都会有益的。"

他轻轻敲敲下巴，目光扫向窗外，"你饿了吗？"

西奥妮放下比兹的项圈，"不算太饿。我在马车上吃过了。"

"那我先把吃的给你留在炉子上。"他走进走廊，"一定要好好休息。"他在房间外面大声说，声音渐行渐远，"明天，我给你制订了一个挺忙的计划。我们得对得起在塔吉斯·普拉夫学校养成的良好职业习惯呀。"

西奥妮看了一眼桌上的书，猜想着这个纸魔法师为她准备了怎样的工作计划。她曾听说，很多魔法师为了让学徒恭恭敬敬，或者让他们直接崩溃，会强迫学徒在第一年从事体力劳动。西奥妮祈祷这事不会发生在她身上。可如果魔法师塞恩的意图是想从精神上打垮她的话，她是不会觉得奇怪的。要不然，他怎么会指派这么多书。至少她能确定，魔法师不会安排她干拔草的活儿——因为前面的花园里连一朵真花都没有。

西奥妮收拾好余下的行李，把化妆品、平顶帽、日记本和比兹的项圈放到床边嵌进墙里的架子上。她决定把内衣和枪留在行李箱里，推进床下。窗外，太阳慢慢西沉。如果魔法师塞恩支付她薪水的话，西奥妮想先买个闹钟，放在房间里。明天一早，她得问问这事。

西奥妮坐在床垫上，打开那本翻得很旧的《青春占星术》，浏览了前四章，接着粗略地看了看《人体解剖学》里的数据，阅读了肺、肾、心和肝等图片下面的文字说明。她躺下靠着枕头，把《航空论》放在肚子上，琢磨着纸雪花的折术，渐渐进入了朦胧模糊的睡眠。她梦见自己对大炮实施魔法——要是魔法师阿维斯基允许她成为一名铁熔魔法师的话，那就是她会学到的魔法。

西奥妮一下子惊醒了，却不记得是为什么。也许是梦见摔跤了。自从她十一岁时从叔叔家的花斑马上摔下来之后，她每隔一个星期就会做一个这样的噩梦。窗外，太阳已经无影无踪。如果她把脸贴在玻璃上往外看，还能窥见头顶上四分之三的月亮。天色看起来很晚了，大概午夜一点的样子。

肚子咕咕叫。西奥妮甩掉睡意，站起来，理了理压皱的裙子，把散落在左耳旁的碎发重新扎好。倒不是怕有人撞见。反正在这栋房子里，除了魔法师塞恩和他的骷髅管家，也没别的什么人了。

西奥妮举着烛台，下楼进了厨房。在黑暗中游荡的感觉十分奇怪。在塔吉斯·普拉夫学校，走廊总亮着电灯，或者由火焰魔法师施展法力点燃灯笼。西奥妮在炉灶上看见了一口炖锅和一个碗。锅里的米饭已不太新鲜,碗里的东西看起来像腌制的金枪鱼。她摇了摇头,魔法师塞恩平常就吃这些吗?难道这就是他最好的待客大餐?西奥妮不敢想,如果米饭和金枪鱼是他的待客菜,那么他一个人又吃些什么呢?也许魔法师阿维斯基把她分配到这儿来,就是为了让这位纸魔法师吃得营养些,不至于虚弱致死。那样的话,这个国家原有的十二位纸魔法师就只剩下十一位了。西奥妮决定明天检查一下橱柜,看看魔法师塞恩都存了些什么。

现在嘛,她得找个碗,舀几口冷饭吃。金枪鱼就免了吧。西奥妮忽然听见一声轻响,好像是抽屉关闭的声音。她往嘴里扒进一勺冷饭,踮起脚尖穿过餐厅和厨房,看到走廊里有一线亮光,是从走廊左边的门——也就是她的右手边发出的。那里是书房。

西奥妮咽下嘴里的饭。这人到底在干吗,这么晚还醒着?难道在搞黑暗魔法?想到魔法师塞恩摆弄黑魔法的样子,西奥妮不由得想笑。还好刚咽下的一口饭让她笑不出来。尽管魔法师塞恩疯得厉害,但西奥妮还是很难想象他会在黑暗之中施展血割术,那种禁忌的、用人体作为介质的魔法。

一想起魔法干预史老师菲利普斯谈到血割术时说的那些话,西奥妮就觉得脖颈上汗毛倒竖:"物质魔法只能在人造的物质上施法。很多很多年前,有人认为人生于人,也就是说人也是由人所造,于是就产生了黑暗魔法。现在,请大家翻到教科书第一百二十六页……"

西奥妮摸了摸脖子上的鸡皮疙瘩。现在,人们只会在篝火边,或者在塔吉斯·普拉夫学校的历史课上提到黑暗魔法了。再说，她已经见识过魔法师塞恩的纸魔法，他不可能同时又是血割者。

她靠着走廊墙根蹑手蹑脚往前走，心想幸亏地板没有声音，要不她就暴露了。接近书房时，她听到有人在哼歌，是魔法师塞恩。西奥妮说不出是什么歌，不过听起来很……异域风情。

门开着一条缝。西奥妮伸出食指轻轻再推开一点，向内窥视。

魔法师背对着门，在窄窄的书桌上鼓捣着什么。右肘边放着一摞标准规格的白纸，椅背上搭着他的靛青色外套。他哼着歌，从那摞白纸中抽出一张。西奥妮看不到他在施法折叠什么。他到底在做什么？而且还是在午夜一点？

西奥妮悄悄退开返回餐厅。她不喜欢秘密，尤其是把她排除在外的秘密。或许明早她应该去问问魔法师塞恩。又或许，她不应该多管闲事。

魔法师塞恩准是在清晨到来之前上床睡觉去了。因为西奥妮八点过一分下楼检查橱柜时，他已经不在书房里了。

西奥妮身穿学徒围裙，梳了条发辫，但她还是懒得画眼线打腮红，这两样最近在城里都挺流行的。其实根本没必要化妆——化给谁看？她从厨房拖来一把椅子，站上去，彻底检查每一个橱柜。她吃惊地发现，每个柜子都塞满了。魔法师塞恩这里配料齐全，想做个巧克力蛋糕的话，所有材料都齐备。但西奥妮还注意到，大部分料包从未开过。在水池下面，魔法师存了一大袋米，面包盒里有吃剩一半的面包。西奥妮还在后门的吧台旁找到了一个冰柜，里面存了鸡蛋和肉，还有几捧五彩纸屑。她猜不出这些碎纸是怎么跑进冰柜的，或许它们是魔咒？她没多想，掸掉熏肉上的纸屑，拿起一盒鸡蛋和一块奶酪，又抓了一把茴香。

她取下煎锅放到灶上，升起火。这时候，她听到楼下传来沙沙的声响，还伴着类似一叠纸轻轻敲击木头的声音。肯定是犟头。她抓起锅铲自卫。厨房通往楼梯的门开了，一个比犟头矮得多的东西冒出了脑袋。

西奥妮大吃一惊。就在那儿，站着一只纸做的小狗，摇动着它小小的纸尾巴。

小狗的身体由几十张纸折成，从头到脚再到尾巴，嵌接得毫无间隙。因为是纸做的，它没有眼睛，但有两个鼻孔和一张独特的嘴巴。嘴巴张着，对着她发出类似狗吠但又有点儿奇怪的声音。它看起来像是拉布拉多犬和小猎狗的混血，脑袋刚好到西奥妮的膝盖。

小狗又叫了一声，向西奥妮冲来，对着她的鞋子一通猛嗅。

西奥妮惊讶得合不拢嘴，脊背麻酥酥的。她把锅铲放到灶边，碰掉了茴香。她蹲下来，抚摸小狗的脑袋。感觉很硬、很奇怪，但小狗纸做的身体却让她的指尖感觉绒绒的，像在抚摸真正的狗毛。

"你好啊！"她说道。小狗跳起来，把两只前爪放到她的膝盖上，还伸出它干干的纸舌头，舔了舔她。西奥妮笑起来，挠了挠它的耳背。小狗激动得呼呼喘气。"你是打哪儿来的呀？"

门又咯吱一声开了，魔法师塞恩走进来。他看起来有点累，但还没到累垮的地步，仍旧穿着那件长长的靛青色外套。"这小东西倒是不会让我过敏。"他眨眨眼睛，笑道，"它和你原来的小狗不一样，不过至少是个伴儿。"

西奥妮两眼睁得大大的，慢慢站起来。小狗用低音汪汪叫着，鼻子拱着她的脚踝。"这是你做的？"她问，感到内心一阵翻腾，"这是你……昨晚做的？"

他挠了挠后脑勺，"影响你睡觉了？对不起，我还不习惯这栋房里再次住了其他人。"

再次住了其他人，西奥妮猜测着这话什么意思。依照魔法师塞恩的年纪，他应该收过其他学徒。不知他是不是这个意思。来这里前，她懒得向魔法师阿维斯基打听，在她之前魔法师塞恩有没有过学徒。现在她也没问，还不是时候，可爱的小狗正忙着嗅她的脚踝呢。

因为比兹，他为了她做了这只小狗。

她看看他又看看狗，又转回来看看他。她掐住手臂不让自己哭出来，但眼睛却湿润了。

"谢谢你。"她说，声音似乎太小了些，"这对我来说意义重大。其实你根本不用……谢谢你。"她抓起锅铲说，"你想不想吃早餐？我本来是要做点儿……"

"我时间有些紧。"魔法师塞恩说，一时间似乎被楼上的什么东西分散了注意力,"如果你不介意的话,我得走了。"

西奥妮摇了摇头。魔法师塞恩的眼里带着笑意,回楼上去了。

西奥妮去冰柜里又拿了些鸡蛋。纸狗狗一路跟着她,一边走一边闻着地板。小狗所有的纸关节一起协调地运动着——魔法师塞恩说的一个整体原来是这个意思啊。

她捡起地上的茴香。

"我想叫你'茴香'。"她一边对小狗说话,一边把鸡蛋放进围裙口袋,"这个名字听起来更像小猫,不过,既然你也不是真正的狗……那么,这个名字挺适合你的。"

"茴香"抬起头,偏向一边,看起来不太明白。

魔法师塞恩在书房里吃了早餐。铺满东西但收拾得很整齐的书桌上,又被他摊了几本书和笔记本。午饭后,西奥妮立刻开始练习图画幻境术。现在,她能从十四页的书里变出三页的幻境了。只要小老鼠一出现,"茴香"就会去追。小狗挺让人分心,但西奥妮一点儿也不在意。她还把比兹的项圈套到了"茴香"的脖子上,很配。

正午刚过,魔法师塞恩就把西奥妮叫进书房,给她介绍放在桌子上的各类纸张,解释各种厚度和纹理的重要性。他看起来有点儿心不在焉,不停地重复已经说过的话,但西奥妮没指出来。人家没有安排她干体力活,已经让她很是松了口气。干杂活的想法已经不像昨天那样让她担心了,她甚至发现自己对学习这门课很是感激。魔法师塞恩正在教授的内容,让她渐渐地渴望学习。魔法师塞恩讲授的内容把她迷住了，她听得非常专心。下课之前，她复述纸页的细节时，他夸奖了她。她开心地笑起来。

"复述得很准确。"他两眼望着窗外，看着外面某个东西。

"你心里有事？"当魔法师把纸页放错地方的时候，西奥妮终于忍不住问。她拿过纸页，放回正确的地方，确保全都放成直线。

"嗯？"

"心里有事？"她重复了一遍，"你今天有点儿心不在焉。"

也可能他每天下午都是这样。西奥妮还没跟他完整地相处过一天呢，所以没法比较。不过她敢肯定，这不是他之前那种疯疯癫癫的状态。

"可能是吧。"他想了想说，恍然回过神来，"我要考虑的事很多，比如怎么给新学徒上课什么的。"

"我是不是你收的第一个学徒？"

"第二个半。"他回答道。

"半个？"西奥妮问，"你怎么可能有半个学徒？"

"最后一个没有学完所有课程。"他搪塞着解释。

没有学完所有课程？西奥妮想着，咽下一团惊恐。难道那个学徒遇上了事故？自动放弃？被辞退了？魔法师会不会经常辞退学徒？西奥妮咬了咬腮帮子。魔法师塞恩肯定是不会解雇她的。为了延续折术，英格兰太需要纸魔法师了。再说，她已经和纸绑定在一起了。

直到现在,西奥妮才第一次考虑自己的处境是否安稳,她觉得胃里一阵绞痛。努力学习,再加上得到奖学金资助的好运,她才走到今天这一步——即便是走上了折匠之路,而非成为一名铁熔魔法师——非常不容易。

有那么一刹那,她想起了车祸发生时看到的星星,还有烧焦洋葱时艾普顿夫人对她的尖叫咒骂,以及她泼洒出红酒时——

她眨眨眼睛赶走回忆。当学徒并不是做另一份工作。她已经和纸,而且只和纸签下了契约,但却还没有获得法律授权,可以用纸施法。如果被辞退,她没有任何出路。她将会变成一个废了的魔法师。

"你的样子就跟吃到了酸东西似的。"魔法师塞恩说着,从桌子最右边电报机旁一摞暗蓝灰色的纸页中抽出一张厚纸。

"我不过是在想,签了契约又放弃,那是多大的浪费啊。"

"我同意你的看法。来,我给你示范一下折术的一些基本技法。也许,你在普拉夫学校里已经学过?"

西奥妮摇头表示没学过。

魔法师塞恩拿着垫板坐到地上,把那页正方形的纸放到上面,说:"让我们来看看你究竟有多敏锐吧,西奥妮。"就是说,挑战来了。

她认真起来。魔法师施法将纸页对折成三角形。羊皮纸的厚度很好地承受了折术的力度。"任何把正方形折成三角形的魔法都叫半点折。这是全点折……"说着,他把纸页再对折一次,"……就是任何把三角形折成更小的三角形的折术。当然,折的时候要完全对齐，不能留多余的边角。"

西奥妮点点头，安静地看着。昨天，他在做小鸟的时候就演示过这两种技巧。接着，他把三角形先折成正方形，又折成了风筝。他让她把这些技巧重复一遍，同时还要复述名称。他不停地强调一定要对齐边缘，否则会影响魔法生效。然后，他的眼睛又看向远方，失去了刚才的亮度。

"咱们来学赋生术。"他望着窗外说，"它对折术学习很有帮助。"

"如果你有其他事情要办，"西奥妮说，"我可以自己练习。"

其实在心底，西奥妮希望他能留下来继续上课。她渴望学习。

这个想法真傻。

魔法师塞恩点点头，站起来，长外套摩挲着双腿。她大失所望。魔法师消失在走廊里，"茴香"探头探脑，小跑着进来。它跳起来，与她的腰一样高，转了几圈后又躺下来睡着了。西奥妮觉得纸做的小狗不应该会累。一定是魔法里加进了这个要素。

她拿着半点折和全点折的纸，望向门口，猜测魔法师塞恩去干什么了。一想到昨晚他工作到那么晚，就是为了给自己做小狗"茴香"，她就感到一丝愧疚。但她肯定，他今天那么……心不在焉，肯定不是因为昨晚。也不是因为她，她刚才规规矩矩的，没捣乱。

"我应该做点什么，感谢他一下。"她对"茴香"喃喃地说，"毕竟，学徒需要得到老师的欣赏，否则两年的学习就会变成六年啦。"

尽管心里已经记住了刚才所有的折术，她还是一直练习，直到熟练才停下。随后她去了厨房，从柜子里拿出香料和红酒，压低嗓音背诵《勇敢的皮普逃亡记》，尝试不同的语调，抑扬变化，努力将第四页的内容诱导出来，变出幻象。她在炉火上放了一锅水，准备烧开后煮意大利通心粉，又把昨晚的锅洗干净，放到灶上。她化了些黄油，加入面粉和牛奶，调成白色浓汁，再从冰柜里拿出鸡肉，准备加上柠檬大蒜放进烤箱。可她没找到柠檬，只好用西红柿和罗勒叶代替。人人都爱吃罗勒。如果魔法师塞恩家里储存了罗勒，就说明他也喜欢这种香料，用来烹饪绝不会错。西奥妮凭借生活经验知道，只要一个人对某样东西过敏，通常还会对别的某样东西过敏。她的学徒生涯本来就没开个好头，再让老师过敏长红包的话，那更是错上加错了。

鸡快熟了，她刚切好面包，把煮好的料汁倒入通心粉，魔法师塞恩就走出了书房。

"你还有时间干这个，看来我真该多给你布置点儿作业。"他看着西奥妮检查烤箱里的鸡肉，接着说，"自从我住进来，这栋房子里还从没有飘过这样的香气呢。"

听到他的赞美，西奥妮忍住笑意，把一缕碎发别到耳后，"我想感谢你做的一切。还有，我要为昨天的举止向你道歉，我失态了。"

"没必要。"他说着，眼神明亮。

"饭马上就好。"西奥妮快步走向碗柜，去拿她刚才看到的绿色瓷碗。碗放在柜子最高一层，西奥妮得爬上台子才够得到。"你先坐下，我已经摆好桌子了。"

魔法师塞恩笑了，一个介于傻笑和自然流露之间的笑，牵动了眼角和嘴唇，"行，先谢谢你了。等吃完饭，我得安排你阅读，再让你折上两百页纸。"

西奥妮把通心粉倒进瓷碗，放到桌上，再把鸡肉和烤蔬菜小心地装进一个大盘子里。塞恩的厨房里没有托盘，她直接把这两样菜摆到他面前。他什么都没说，只是扬起眉头，表示印象深刻。至少西奥妮希望给他留下了不错的印象。不过，说不定这只鸡是魔法师留着另有他用的，却被她擅自烤了。真要是这样的话……但愿鸡肉的美味可以抵消任何不快。

西奥妮坐到饭桌对面，又站了起来，"你知道怎么切鸡吗？"

"犟头肯定知道。"

西奥妮脸色发白，却在他的眼中捕捉到一丝笑意。他在开玩笑吗？

不管了。她拿起刀叉，开始切自己盘里的鸡。酝酿了几分勇气后，她说："我想问问，我在做学徒期间有没有津贴，或工资什么的。"

魔法师塞恩轻笑出声，"啊，我明白了，烤鸡计。"

西奥妮脸红了，"不是这样的，我这么做是发自内心的。只不过大家都是一边吃饭一边聊天，尤其是住在同一座房子里的人。我觉得问问薪水是个不错的开头，仅此而已。"

"学校董事决定你的津贴。"塞恩说着，舀起西红柿罗勒通心粉，放进自己盘中,"所以,你是有的。我想应该是每月十英镑。到了我这里,还有额外的薪水。"

十英镑?她装作专注地往盘子放通心粉,以掩饰睁大的双眼。比她想的更多。如果她节省些的话,每个月可以往家里寄去一半。

她把目光转向魔法师,"那……你会付给我多少呢?"

塞恩随意拿起叉子,"如果你担心在这里会饿肚子的话,那倒不必。"

西奥妮想起他的金枪鱼和冷饭,本想用此回击,但她咬住舌头坐回了椅子。魔法师没有做饭前祷告,她也从不祈祷,所以径直给自己切了一小块鸡,用眼角瞄着他。

他叉起两根通心粉,举到嘴边,尝了尝,咀嚼着,然后眼睛一亮。"西奥妮,我得说,"他咽下通心粉,"要不是我知道教了你什么,我肯定会以为你已经学会给通心粉施法了。"

西奥妮笑了,"好吃吗?"

他点点头,又吃了一口,"吃起来和闻起来一样香。这意味着你长大成熟了。我得向你祝贺。"

"是祝贺我成熟了还是能做出好吃的通心粉了?"

他眼中光芒闪烁,没有回答。

西奥妮尝了一口鸡肉,庆幸没烤太干。没等她咽下第三口,就听见魔法师塞恩说:"你是家里四个孩子中最大的。"

"两个妹妹,一个弟弟。"西奥妮回答,"你家里人多不多?你看起来好像被不少姐妹折磨过。"

"我被很多人折磨过，不过没有哪个是我的姐妹。我是独子。"

难怪，西奥妮想。

两人各自吃饭，沉默了几秒。西奥妮想让时间过得快些，问道："你一般什么时候采买家用？"

他看了她一眼，"用完的时候。所有家务里我最怕买东西。"

"为什么？"

他放下叉子，手肘搭在桌边，支着下巴。"我得进城。"接着他补充道，"况且，外面又那么热。"

西奥妮顿了一下，又切下一小块鸡肉，"你长雀斑吗？"

他大笑起来，"这话题的走向有点儿……"

"我是想说，"西奥妮打断他，"要是你因为怕长雀斑不愿出门，这我能理解。"她看了一眼自己的手，上面尽是雀斑。三月和十月之间，大家都会把自己包裹得严严实实，以免暴露在阳光下。

"我不会长雀斑。"他说。看到她冲着自己的手皱眉，他又说，"长雀斑又没错，西奥妮。老天保佑，你可别搞得像那些怕晒的人一样。"

西奥妮笑了，又起通心粉送入口中，以免笑得太过。

"既然你有那么多时间，"魔法师塞恩说，"那咱们明早就进行第一次测验。"

第四章

第二天清晨，确切地说是早上六点，魔法师塞恩如约通知西奥妮测验，犟头来传的话。西奥妮刚一睁眼，就看见折术造就的骷髅脸在她脸前微笑。她吓得发抖，尖叫起来，引得在楼下客厅里到处搜寻老鼠的"茴香"也跑了进来。西奥妮学着魔法师塞恩的样子对犟头叫了声"终止"。幸好咒语有效，纸管家在她床脚前码成了一堆无害的纸骨头。

这次施法完全是下意识的，而且只是个小咒语。但自从绑定以来，这是西奥妮第一次觉得自己真正拥有了些许法力。

魔法师塞恩考的是昨天在书房教授的纸页类型。感谢她精准的记忆力，西奥妮全答对了。纸魔法师赞许地点点头，然后离开，让她自己继续学习。

她的"学习"内容包括阅读魔法师塞恩给的书。她先翻开《马库斯·瓦特烟火导论》，这本看起来好像最有趣，可惜字体很小，大部分又都是数据，很难理解。她只看了半章便放下了。她去厨房吃了烤面包，然后开始阅读《人体解剖学第一卷》，这本书更有吸引力，只是读起来稍稍有点——怪异。

接下来几天，西奥妮多次进出藏书室，从那里取纸练习魔法的基本技巧。魔法师塞恩有个习惯，喜欢随时随地考她，也不提前通知。所以她必须努力练习，越熟练越好。星期四，他考了她两次。星期五，她不停地练，右手中指磨出了水泡。因为她过了关，到了星期六，魔法师塞恩就教她怎么做雪花——和她作为学徒第一天来时，从天花板上降落的雪花一模一样。

"剪术和折术的规则大致差不多。"他盘着双腿坐在藏书室地板上解释，垫板放在腿上，"要想让法力有效，你必须做到精准，除非你只是想做成装饰品，那精不精准也就无所谓了。"

"雪花算装饰品吗？"西奥妮问，想着那些她偷来藏在自己书桌抽屉里的雪花。她上次看时，它们仍旧冰凉。

魔法师塞恩用半点折术折起一张正方形的白纸，折出一个很窄的三角形，"你觉得呢？"

她回忆起那天的飘雪，雪花错综复杂、形状各异、大小不同，纷纷飘散在地毯上。每一片都与众不同，就像真正的雪花。"应该算是吧。"她回答。

"挺聪明嘛。"魔法师塞恩拿起一把剪子,"要让雪花变凉,有一步剪术非常关键。看好了。"

他拿起三角形,用剪刀夹住最厚的部分,在那一点下方剪进一厘米深。他沿着那里剪出一个小小的杏仁形,剪下的部分落到垫板上。

"变凉。"他命令道。仅凭目光,西奥妮看不出纸页有何变化,但是,当她接过来的时候,纸面感觉像结了霜。透出的冰凉缓解了她手指上水泡的疼痛。

"剩下的就是随心创造了。"他说。

到了星期一,厨房里的囤货已所剩不多。

"我可以自己一个人去买。"西奥妮说,"没关系的。"

魔法师塞恩从书桌上抬起头,桌上摊着一本小册子,用一杯柠檬茶和一把黄油刀分别压住两边。魔法师左手握着笔,说:"西奥妮,这可不是你分内的事儿。"

"没关系的。"她重复道,抚了抚裙子上的褶皱,"我也在这儿生活,应该出一份力。"我也不介意离开这所房子出去透口气。她继续说:"说实话,我已经没法再用你柜子里剩下的零碎做出好吃的了。"

魔法师塞恩笑了,笑容又一次在眼中闪现,而非露在嘴角。"做饭也不是你的分内活儿。你的阅读进行得怎么样了?"

"人体解剖已经看完了，道学的那本也快了。"

塞恩坐在椅子上转了个方向，开始浏览身后的书架。他俯下身，从他右手边的架子底部取出一卷厚厚的书，递给西奥妮。封面上是《人体解剖学第二卷》。

西奥妮皱着眉头接过书。

"如果你非要去，"他继续说，"我可以为你叫辆马车。别在外面待太晚。"他用笔帽轻轻敲着嘴唇，"等你回来后，我就可以教你赋生术了。"

他递给她几张钞票——西奥妮很惊讶，他居然这么信任她——然后继续工作。

事实上，直到第二个星期，她才开始学赋生术。首先，她必须用学过的所有折术魔法准备好一张边长八英尺的正方形黄纸，每折一下还要说出折术名称。折过的纸页出现了星状的折痕。纸页准备得好，会让接下来的折术容易得多。不过按照魔法师塞恩的说法，最后的赋生创作过程仍旧会非常缓慢。

"现在，"纸魔法师说着，拿起一张没经过魔法准备的正方形纸页做示范，"我们先从简单的开始。折一只青蛙。"

西奥妮清楚地记得青蛙的折法，甚至可以在脑海里重现魔法师塞恩的每一步指法。她确信自己不用指导就可以折出一只一模一样的青蛙。但她没有作声，默默地看着魔法师，寻找自己可能漏掉的步骤。一步也没忘。她在心里轻轻拍了拍自己，以示鼓励。

"呼吸。"魔法师塞恩对纸蛙命令道。纸蛙一抖，活了，从他手上跳了出去。刚跳了两步，魔法师塞恩一声"终止"，纸蛙又恢复了无生状态。咒语很简单，西奥妮手痒痒的，很想试一次。她稳住双手，不愿显得头脑发热，也不想错过塞恩讲授的其他内容。她安心等待魔法师允许她施法的一刻。

西奥妮直起腰，目光掠过她准备好的黄纸，回忆着这几天学过的每一项内容。她已经很长时间没有这么听话、认真了，简直像纸狗狗一样，乖乖坐着听候发落。

她瞟了一眼"茴香"，它正蹲在门角，挠它的纸耳朵。

西奥妮抿了抿嘴唇，按照魔法师塞恩传授的步骤，开始实施折术。她能感觉到他的目光，奇怪而沉重，但他什么都没说。

西奥妮小心翼翼对齐每一条边，折出纸蛙后，将这个满身折痕的创造物置于掌心，仔细检查后，低声说了句"呼吸"。她欣慰地看到，纸蛙活了。它先动了动一只脚，又动了动另一只，然后在她手心里懵懵懂懂地跳了几下。笑意爬上西奥妮的嘴角。

"茴香"抬起小脑袋瞥向她，嗅着空气。

"做得漂亮。"魔法师塞恩说，"你还需多练几次，才能开始学习用没有魔法准备的纸页赋生。明天我们学习折仙鹤和松鸦。"

"青蛙只学一天？"西奥妮问。魔法师从地板上站起身，靛青色外套垂落下来。

他挑起一边深色眉毛，"你根本用不着一天时间。"他下巴朝西奥妮折叠的青蛙扬了扬，它还在她手上微微跳跃。他继续说："作为一个想成为铁熔魔法师的人，你的折术还不赖。"

西奥妮一惊，纸蛙从手里掉落，肚皮朝上，像只翻转的甲壳虫一样四脚朝天地扭动着。"茴香"冲了过来，用爪子拍打纸蛙，"你是怎么知道的？"

魔法师塞恩微微一笑，把垫板放到桌边，和上次放的位置相差不到一英尺，刚好在左右两只桌脚中间。"别忘了还有阅读。"他补充一句，离开了房间。

按照安排，西奥妮学习了鸟类折术，还有鱼类，然后在没有事先准备魔纸的情况下，进行了青蛙赋生的测试。她没过关，仅仅是因为魔法师塞恩坚持要用两人的青蛙来一场比赛，而她折的青蛙落后了两步。真是古怪的评分方法。好在魔法师向她保证，在向普拉夫学校上交她的成绩单之前，再给她几次"考核"机会，直到她满意为止。如果没有这个保证，西奥妮真要抗议了。

两人正在另折青蛙准备比赛，藏书室里的电报机忽然动了。西奥妮那时正在桌上腾出来的地方折着青蛙，原本堆在那儿的纸页被她推到一旁。电报机突然发出的"啪－啪－啪"声把她吓了一跳。在她脚边打盹的"茴香"也跳起来，对着这台奇妙的机器大叫，可纸喉咙发出的声音盖不过机器的声响。西奥妮放下做了一半的灰绿色青蛙，捋了捋头发，俯身过去看机器里冒出的纸条。

已在索利哈尔找到

还没来得及看完内容，一只手伸过来撕下纸条。不用回头，西奥妮也知道站在她身后的是魔法师塞恩。她只来得及瞥见电报末端的名字：艾尔弗雷德。

她退开一步，看着魔法师塞恩读信。这一次，魔法师明亮的绿色眼睛藏匿起了所有秘密。她仔细端详，却只能看出他的专注，还有他今早刮胡子时漏了下巴上的一小点。他飞快地扫了一眼，迅速将信纸揉在掌心。

"在索利哈尔找到了什么？"西奥妮问。那座城市在西北边，离这里一百多英里。

魔法师塞恩向她露出一个浅浅的微笑，但只是嘴角翘起，眼里没有笑意。"一个朋友。"他转身大步走出藏书室，还差点儿踩到"茴香"。

西奥妮望着他的背影，目送他穿过大厅，消失在卧室。在索利哈尔究竟"找到"了什么朋友？

她又站了片刻，揣摩着他的眼神，感觉就像在读一本所有单数页都被撕掉的书。那条消息到底是什么意思？

西奥妮咬咬下唇，坐回椅子继续叠青蛙，可心思只剩下一半在这儿。魔法师塞恩捧着一大堆东西再进来时，她刚开始叠青蛙的后腿。他把手里的纸、书、记录簿和铅笔放在桌上。

"临时课程。"魔法师宣布,从桌上取出一页白色的打字纸,拿起垫板,盘起双腿坐到地板上。西奥妮犹豫了一下,也跟着取出一页纸。

"看仔细了。这次动作会很快。"塞恩说着,将纸竖着放在面前。他折起一英尺,用拇指压平,转过来,再折起一英尺。

"一把纸扇。"他一边解释,一边急速翻转纸页,"我敢说你以前肯定折过纸扇。"

"小时候折过。"西奥妮瞟了一眼他的脸。

他一次又一次翻转纸页,用折术层层折叠,即使不用尺子也将纸页叠得尽善尽美。"关键是要折得匀称,"他继续解释,"每一格的长度和宽度都要一致,否则撑不住法咒。你也可以用尺子量。折第一格时一定要特别仔细,因为要以它为准来量后面格子的大小。如果有多出来的部分,剪掉。"

他折好了扇子,没有任何多余。他压紧扇把,补充说:"扇柄没必要钉牢。"他把扇子对着门,轻轻扇动。一阵、两阵、三阵风,从纸扇上吹出,大于普通风力,但不会伤人。

他放下扇子,"够简单吧。希望你在我出去的时候好好练习。"

魔法师的话让西奥妮心里打鼓。"出去?"她问道,"去哪儿?"

"去办魔法师要办的事,没什么特别的。"他说着站起身,没有拿起垫板。他走到刚才拿进来的那堆东西旁,指着压在最下面的一本书,"《纸浆铸造艺术》,"又指指放在最上面的笔记本,"我希望你在阅读时做笔记。尽量详细,但不要写成报告。"

西奥妮大张着嘴,"可是……"

"《有生命的纸花园》,"他又指指旁边的一本书,"同样的要求。我在第五、六、十二章做了标记。那几章里有练习,好好练。还有这本《双城记》,一本好书。你有没有读过?"

西奥妮望着魔法师,想说的话堵在喉咙里。他又发疯了。他要了计谋骗她相信他没有疯,而现在,他又表现得……

"我还希望你能把纸扇练到完美。"他补充说,"做得好,扇出的风能令风暴都自愧不如。还有,别忘了看我之前给你的那些书。"

西奥妮站在那儿摇了摇头,问:"你打算走多久?"

塞恩耸了耸肩,"希望不会太久。打破日常生活规律的确很烦人。你有没有派翠丝的联系方式,以防万一?"

"派翠丝?"西奥妮重复了一遍,音调提高了些,"你是说魔法师阿维斯基?我……嗯,有的,不过……"

"太好了!"塞恩拍拍她的肩,大步走出藏书室,"我这就出发。小心别玩火烧了东西。"

西奥妮跟上去,"你现在就走?"

"是的。"他一边回答一边走进卧室。从接到信到给西奥妮布置作业,时间只过了几分钟,他竟然连行李都准备好了。魔法师拖着行李返回客厅,抬手顺了顺深色的头发。有一瞬间,西奥妮看到他双眼一闪,抿了抿嘴。他看上去很担心。

"没出……什么事吧？"她问，犹豫地站在藏书室门槛处，担心问了什么过界的话。

"嗯？"他问，随着藏书室挂钟的嘀嗒声，他的表情舒缓下来，"没事的。西奥妮，照顾好自己。"他走到走廊尽头的盥洗室时又转身嘱咐，"记得把门都锁上。"

西奥妮目送他下楼，下面传来他的脚步声，又轻又稳。"茴香"舔着她的袜子。她急匆匆跑到藏书室窗户前，看到塞恩走过园子里的纸花丛，出了大门，走上土路。有马车等他吗？

眼前的玻璃窗被呼吸蒙上了一层水雾，西奥妮这才意识到自己的脸已经贴在了玻璃上。纸魔法师已经走出了视线，把她一个人留在这栋塞满杂物的陌生房子里，留在这个无人之地。

记得把门都锁上。

西奥妮的心沉了下去。

第五章

　　传统的纸浆铸造艺术有两种形式，西奥妮疲倦地在笔记本上写道，条状法和覆盖法。一种添加胶水，另一种添加淀粉浆。

　　叹了口气，西奥妮放下铅笔，目光穿过卧室，望向床旁边唯一的窗外。阳光在她的枕头上撒下叶状的影子。

　　魔法师塞恩今天会回来吗？他回来的话，她连作业的十分之一都还没完成呢。他倒不会为此惩罚她，但谁知道呢，魔法师经常出其不意。

　　还是昨晚那样，所有的门窗都锁着。房子里安静得只要西奥妮屏住呼吸，就能听到隔壁藏书室挂钟的嘀嗒声。"茴香"到楼下探险去了。西奥妮把犟头的纸骨堆进了书房的一个橱柜里，不再让他出来。现在，这地方看起来……毫无生气。

　　她低头看书，纸浆铸造书里的字变得模糊了，忽上忽下。她打了个哈欠，合上书和笔记本，随手扔到地板上，发出一声响亮的"哐当"。她抽出《人体解剖学第二卷》，翻到夹着书签的地方，那里对心血管系统刚好介绍到一半。她盯住那幅动脉分解图看了一会儿，翻到下一页，又看了看心脏纵剖图里展示的四个心室，读了一段后，合上了书。

　　"茴香"跑上楼，停了一会儿，又下去了。西奥妮迫切地想离开书桌。她什么都学不进去，干脆也下了楼。

　　"茴香"在嗅魔法师塞恩的书房门，西奥妮猜它在找犟头，因为魔法师从来不会把食物留在那里。西奥妮推开门，小纸狗冲了进去，一边跑一边嗅。它踮起后腿站起来，嗅着窗户上垂下的纸链，然后一脸好奇地小跑到柜子前，嗅闻里面的纸管家。

　　西奥妮看着覆满常青藤的窗户，感受着房子里的寂静。就这样把新学徒撇在这儿，魔法师可真不负责，不是吗？她得向魔法师阿维斯基报告。

　　她的目光落在书桌上，心想：打小报告前，趁他不在做点儿什么。

　　她坐到魔法师塞恩的书桌前，嘴边微微露出笑意。她拉开抽屉——这里所有的抽屉都没上锁。可惜里面没什么有趣的玩意儿。她只找到几册会议记录、几支备用钢笔和铅笔，还有一颗奇怪的多角纸星,看起来就像狼牙棒的棒头狼牙。另外还有一把棉绒刷,一小盒针线。关上每个抽屉前,西奥妮都会仔细地把所有物件放回原位。她敢说,哪怕哪支笔和原先的摆放位置只差几毫米,塞恩都会发现的。

她伸出手,指头拂过铁文件架上的那封感谢信的边缘,那是她在一年前寄出的。

一万五千英镑。

她咬着嘴唇,不想在这时纠结于这个问题。她用拇指抚过每封信,辨认着上面的称谓和名字:有的是"魔法师",有的是"博士"。她发现有一封上面写着"艾尔弗雷德·休斯"。那封电报上就是这个名字。她抽出信,却发现那不过是一张没有图案的旧圣诞卡。她的记忆在骚动——她以前听过这个名字。魔法师艾尔弗雷德·休斯出席过魔法师的内阁会议,不是吗?是的……是他,一位塞普尔大师——橡胶魔法师。他在塔吉斯·普拉夫学校做过一次演讲。看来魔法师塞恩在高层也有朋友。

奇怪的是,没有哪封信上写了"塞恩",没有一封是家书。塞恩提过自己是独子,可他的父母呢?表亲呢?他肯定有表兄妹吧。

她仔细查看了书架,找到更多的教科书和旧小说,还有写画得满满的笔记本。唯一引起她注意的是格兰杰技术学校的年度相片簿,1888-1889年。显然,她和塞恩上的是同一所中学,只是两人之间隔了十二年。奇怪的是,除了塞恩,本来还可以选择其他几位折匠导师，可阿维斯基却偏偏给她指派了这么年轻的一位。也许，这就是阿维斯基在马车里对她要求那么严格的原因。

"茴香"挠着她的鞋。

"知道知道，我还有活儿要干。"西奥妮说，咽下一声叹息。她搂起小狗，看着它摇晃的尾巴，笑了。她小心翼翼地把塞恩的椅子推回书桌下。

那一天余下的时间，她都在练习青蛙和扇子折术，读了更多她并不想了解的解剖学，在纸浆铸造术的笔记本上涂涂写写打发时光。

第二天，塞恩还是没回来。西奥妮开始担心了。

她不会轻易担心谁。而且，这次她担心的对象只不过和她相处了一小段时间，所以这显得自己挺蠢的。更何况，一开始她根本不愿和这个人一起工作。可她就是无可救药地担心起来。

她回忆起他离开前眼中的闪烁，想到电报里那些不可告人的内容。担心。

她又一次想，要不要联系一下魔法师阿维斯基。可她没有。她能说什么呢？至少今天，她不想给艾默里·塞恩找麻烦。于是，她尽量让自己忙碌起来，转移注意力。

午饭时她煎了鱼，炸了薯条，足够一个人吃。她擦了碗柜扫了厨房，搜集了自己的脏衣服，准备洗掉。

站在卧室外，西奥妮望着走廊那头塞恩的卧室门。门是关着的。

如果把他的脏衣服也洗掉，那该多好，对吧？

西奥妮把自己的一堆脏衣服留在楼梯边，走进了塞恩的卧室，四处打量。

他的床比她的大，这理所当然。床侧的窗子也比她的大。门边有扇穿衣镜，旁边的桌上放着三个形状各异的铜烛台，都没有把手。一个像首饰盒的东西，旁边散落着厚纸做的小玩意儿，类似某种机械装置。床头柜上放着一瓶白兰地和一个杯子，旁边是一本没有封面的小说；还有装着一只小船的玻璃瓶和一个很高的漆成灰色、紫色和桃红色的纸盒。

还有一个架子，上面摆满了大张的纸页、文具和书。衣柜里挂满了长外套和宽松长裤。柳条篮里的脏衣服漫出了筐。

她双手捂住脸侧，挡住视线，就跟马戴的眼罩一样，然后直直地走向篮子。今天不准再四处乱看了。她已经十九岁了，应该尊重一个男人的隐私。

她开始洗衣服，洗到指关节发红。然后，她把衣服挂到后院晾干。

第三天，西奥妮醒来，还是一个人。看完解剖书后，她取下衣服叠好。因为不知道塞恩把每件衣物都放哪儿，西奥妮只能把它们堆在床上，等魔法师回来后自己收拾。

离开的时候，她在书架前站住了。老天爷，魔法师的书真多啊。她一一扫过每本书名，猜测这些书为什么放在他的卧室里而不是在藏书室。这不是窥探，真的不算。只是好奇罢了。

她还发现了不少教科书，感觉大部分都不难，以及一些知名的和不知名的作家的书。她又找到了一本《双城记》，还有一本马修·阿诺德的诗集。在书架末端，她还看到了一本赞美诗。

"真奇怪。"她说着，把皮面的赞美诗从书架上取下来，手指在满是灰尘的书脊上留下了印痕。塞恩看起来不像是个有宗教信仰的人，晚餐时从不祷告，而这本书的书脊已经破旧开裂明显常被翻阅。西奥妮翻看起来。

书其实还很新。接着，她看到了封面上的烫金字：塞恩家族。

"塞恩家族？"她读出声来。还有其他塞恩吗？魔法师肯定还没有结婚，书那么新，也不会是他父母的。也许他在诺里齐市有个私生子，而有人用这事儿来敲他竹杠。

这么一想，西奥妮笑起来。她往后翻着，读着那些熟悉和不熟悉的诗句。

从书的后半掉下些东西：几朵压平的野花。

西奥妮蹲下身把花捡起来，有紫色和金黄色的。她轻柔地摸了摸，欣赏着花儿易碎的美。她不知道这些都是什么花，也不知道到底是塞恩家族的谁把花压在了书里。

"茴香"在走廊上叫了几声。西奥妮把书放回书架，在裙子上擦了擦手。她走出卧室，掩上门。

她再也没有进去过。

几天之后，大约早上六点，西奥妮被门上的一声闷响惊醒，尖叫着跳了起来。她猛然记起塞恩说过的话：一定要把门锁好……

"今天我们学习纸船！"门后传来塞恩的声音，听上去喜气洋洋，"早起脑子好使！快起来学习！"

西奥妮的脉搏加速跳起来。她拉过床上的毯子遮住睡衣，把门拉开一条小缝。塞恩站在那儿，和他离开那天一模一样：穿戴整齐，还罩着那件靛青色外套。

"我……你什么时候回来的？"她问。

魔法师耸耸肩，"就刚才。你把犁头放哪儿了？"

"在……"她刚要回答，又改口问，"事情办得怎么样了？有没有见到你朋友？"

"事情嘛，算是搞完了。"他回答，"谢谢你为我洗了衣服。其实你用不着洗的，我又不在，穿不了。十分钟后，藏书室见。"

他又拍了拍手，大步走远。

六天。他离开了六天，回来就只说这些？

西奥妮关上门，揉了揉后脖颈。可是，*我又有什么资格问他去了哪儿呢？*

她摇摇头，换了衣服，打理了头发，在左耳后编了条辫子。至少，他没提要考试。

等西奥妮来到藏书室，塞恩已经像往常一样坐在了地毯上，腿上放着垫板，身边还有几张四方形的纸。西奥妮仔细观察着他：衣服上没土,胡子刮得很干净,肩膀微微耷拉着,眼睛周围有淡淡的黑眼圈。他看起来很疲倦,为什么?为什么还要上课,而不休息?

西奥妮在他对面坐下,没有问。他想保密就保密吧。

"要做船,我们得从半点折术开始,然后再折两次全点折术。"魔法师塞恩开始上课,一边解释一边演示。

"纸船有什么用?"西奥妮问,"谁也坐不进去,还会沉。"

"啊,施了法以后,纸船就没那么容易沉了。"

"没那么容易?"

"沉还是会沉的。"他说着点了点头,更像是对自己的膝盖点而非西奥妮,"会沉得比较慢。数代折匠都在尝试让纸防水,不过,他们能做到的只是加强硬度。空中传递信息很麻烦时,或者有危险时,船就能派上用场了。跟电报和传说中的电话相比,纸船确实有点过时,但你还是需要学一学。"

魔法师将咒语传授给她,然后用折术将纸页边缘折成船的基座。"折的时候用上赋生术。我相信你记得怎么用。"

西奥妮点点头。塞恩在完成最后一步折术时,西奥妮从他松垮的衣袖中窥见他右手臂上缠着厚厚的绷带。

她感到脑子里"嘣"的一声,好像有根弦从脖子到肚子紧绷起来。她轻声发问:"你的手怎么了?"

魔法师的指头僵住了。他抬头看看她,又看看手臂,然后拉下袖子,直到连手掌都遮住了一半。"磨破点儿皮,"他说,"我常常忘了走路也是需要专心的。"

她皱起眉。那根弦又拉扯了一下。她的第一反应就是魔法师在撒谎。

她想知道他的手痛不痛。

塞恩递给她一张纸,让她重复一遍刚才学的。她第一次就做对了。这令她感到一点点安慰。

魔法师站起来,把垫板夹在没有受伤的手臂下,"现在,咱们去河边试试。"

西奥妮觉得那根弦紧得快崩断了。全身的肌肉都变得僵硬,尤其是脖子、肩膀和膝盖。"河……边?外面那条?"

魔法师咧嘴一笑,"房子里面很难有条河,是吧?"

西奥妮感觉自己在地板上生了根,动弹不得。塞恩伸手想把她拉起来,可她连手都没法伸过去。她脉搏加快,脸颊发红。"我……"她清清嗓子,"我们能不能在盥洗室里试?用浴缸?行吗?"

他垂下手,"我猜,你不会是有恐水症吧?"

西奥妮的脸更热了。

"哦,"他面无表情,"我得承认,的确出乎我的意料。还真看不出来。"

西奥妮费了好大劲儿,才微微耸了耸肩,说:"每个人都有自己害怕的东西,对吧?"

魔法师点点头,点得很慢,"这话对。非常……对。那么,就用浴缸吧。"

他第二次伸出手。西奥妮抓住了，让他把自己拉起来。在他松开前，西奥妮感到自己的手指奇怪地微微发颤。

她将手按在脸上，好让两颊凉下来。她跟着塞恩走进盥洗室，一起蹲在浴缸前，对着纸船念诵"浮动"和"持久"的魔咒。没等她把自己的船放进水里，西奥妮说了句抱歉，跑回自己的卧室。她拿起《青春占星术》，却不知为何，无法专心。

西奥妮把最后一块鱼饼放进煎锅。"茴香"对着她的脚呜呜叫了几声，摇着尾巴，满脸期待。

"这你可不能吃，小傻瓜。"西奥妮对小纸狗说道，用脚推开它，打开烤箱，拉出一个浅瓷盘，里面盛着芦笋。她一直讨厌吃芦笋，直到中学担任辅餐员时才有所改变。所有大人物显然都要吃芦笋，于是她哄骗自己学会忍耐。

连着楼梯的那扇门开了，塞恩走了进来。他看起来没有上午那么疲倦了。也许他在西奥妮做饭时打了个盹儿。"喔，"他说，"希望你做的是两人份。"

"只要你不检查我的纸浆铸造笔记，并且同意我烧了它，那我做的饭就是两个人的。"西奥妮说着，用叉子叉起一块鱼饼晃了晃，吸引了魔法师和小纸狗的注意力，"那份笔记实在太花时间了，我真不想写。如果你非要我写的话，我会一直用腿夹住鱼饼篮，谁也不给吃，直到我写完为止。"

塞恩大笑起来，"我敢说，学校董事会是不会接受这种贿赂的。我真该读读他们寄来的那些信……"

西奥妮举着鱼饼在空中转着，塞恩挥挥手说："好吧，好吧，想烧就烧吧。我都快饿死了。"

大获全胜。西奥妮咧嘴一笑，把那块鱼饼放回锅里，又把煎好的鱼饼倒入盘中，放到摆好餐具的桌上。塞恩先为她拉开椅子，然后自己坐下。

"我们又得采买了。"西奥妮为自己夹了块鱼饼，把盘子递给塞恩，"而且我想知道，你每月哪天给我发薪。"

"看样子，不谈钱的话，我就别想享用我的学徒做的饭了。"说着，他往自己的盘子里放了两块鱼饼。他拿起叉子，再次跳过祷告，"不过嘛，我会在……"

魔法师的话还没说完，走廊上突然传来一声响亮的爆炸，盖过了他的声音。

西奥妮手里盛着芦笋的盘子掉落到地上。她有些恍惚，双眼大睁，只见一股气流从走廊涌过来，夹杂着木屑和碎纸片。黑斑鳕鱼和细香葱的气味里混进了灰尘和油漆味儿。塞恩跳起来，向外冲去。

外面响起坚硬的高跟鞋踩在走廊地面的声音，十分响亮，就像一阵略带讽刺的掌声。西奥妮想跟出去，被塞恩伸手拦住。他脸上的喜悦一扫而光，整个人都变了——不再高兴，不再走神，而是冷冰冰的。人也好像变高了，身上的外套仿佛耸了起来，像野猫竖起身上的毛。

一个女人走进餐厅。她的模样让西奥妮目瞪口呆——她个头很高，深黑色的长发波浪般飘散着，棕色的眼睛，皮肤白皙没有雀斑。身材颇为丰满，穿了件十分合身的黑衬衫，一条修身长裤，膝盖处还镶着加厚布料。灰色的高跟鞋有两英寸高，细细的鞋带缠在脚踝上。

西奥妮觉得她有些眼熟。还没过两秒，她就想起在哪儿见过这张脸了。

预见之盒。

塞恩脸色煞白，"里拉？"

西奥妮的心向下一沉——女人冲上来之前，她的身体只来得及做出这一点反应。女人手里紧紧攥着一小瓶红色液体。

一切发生得太突然。塞恩抓住西奥妮的手臂，把她拉到身后。但那个女人，里拉，把红色液体滴到手中，对着西奥妮一洒，叫道："爆炸！"

冲击力像一只巨手，扇向西奥妮。巨大的力量挤出了她肺里的空气，把她掀翻，撞向桌角。桌子也被掀翻了，热乎乎的饭菜撒得满地都是。瓷盘摔在木地板上，碎裂成片，发出清脆的巨响。西奥妮先是脊背撞在餐厅墙上，而后整个人慢慢滑落到地上。

有那么一会儿，世界全黑了，然后眼前慢慢出现光与影。西奥妮听到有东西砰的一声撞在旁边墙上。她眨了眨眼，感到地面传来震动。视线逐渐清晰起来。她抬起头，看见塞恩悬空紧贴着墙，似乎被看不见的手高高举着。他挣扎着想说话，却被那股无形的力量捏住了下巴，脖子一侧青筋凸起。

西奥妮看了看自己的双手，发现上面有血。她吓了一跳，接着便意识到这血是凉的，不是自己的。这是里拉向她泼来的液体，是——血。

她全身僵住了。

血。

人体法术。

里拉是一个血割者。一个行使被禁魔法的人。

西奥妮转过脸，只见里拉抓住塞恩的衣领，往下撕到胸口，露出前胸。"我终于要走了，亲爱的。"她耳语道，"我要带你一起走。"

她将右手戳进他的胸膛。西奥妮忍住哭喊。塞恩紧咬着牙，喉咙里发出嘶鸣。闪烁的金光围绕在里拉手腕周围。里拉抽回猩红的手，鲜血淋漓的手里攥着一颗仍在跳动的心脏。

汗珠从西奥妮的额头滚落下来。她自己的那颗心脏在胸腔里跳得更快了。眼前的景象令她晕眩。

快把头低下！她暗想，肌肤冰凉。她想假装昏厥，可身体却抖个不停，泪流不止。这个女人能这样轻易打败塞恩，她当然可以在一瞬间杀死西奥妮。她是不会放过她的。

传来鞋跟橐橐踩过地板的声音。西奥妮睁开眼，从两把翻倒的椅子中间望去。里拉滴了几滴塞恩的血在手掌上，微笑着洒向地板。

接着，她消失在一阵旋转的红色烟雾中。

里拉离开后，西奥妮这才放声大哭。她仓皇起身，胯骨两侧尽是瘀伤，疼痛难忍。她跑向塞恩。她赶到他面前时，塞恩身上的魔咒渐渐消失，砰的一声跌落地面。

第六章

"不！不！"西奥妮哭喊着，泪如泉涌。她一手托住塞恩的脖子，将他平放到地板上。他胸前那个深深的、猩红色的创口吓得她目瞪口呆，伤口边缘还闪烁着黑魔法的金色微光。创口仿佛随他的呼吸，渐渐缩小、缩小。

"茴香"在她身边呜呜叫唤，一种空洞的、纸质的叫唤。西奥妮颤抖着，看看小狗又回头看看塞恩，时间每流逝一秒，他就越苍白一分。

她忽然站起来，直奔书房。冲出厨房时，还撞到了横在路上的椅子。

她爬过门厅里满地的碎石烂瓦——那曾经是前门。奋力扑进书房的她心绪纷乱，双腿发麻，手心直冒汗。她奔向放纸页的书架，胡乱翻着，抽出一页厚纸。虽然不是最厚的，但她没时间精挑细选了。

她跑回餐厅，被四溅的血迹滑倒，跌跪下去，痛得她龇牙咧嘴。她索性就跪在那儿，把纸放在地板上，开始实施折术。她不知道这种折术的咒语——她也不可能知道——但她必须试一试。

在脑海中，她将塞恩灵动的手指浮现放大：他的鸟、鱼、预见之盒，还有房里到处摆放的那些纸雕和纸链。她甚至回想着在学校上过的几堂折术魔法课的内容：半点折术，全点折术，那些她不知道名称的折术。不管折什么，关键是把边缘对齐。

她把纸页对折，再对折，折出一个正方形后，开始像塞恩折鸟儿的长颈那样叠。折好这一步后，她开始按照自己脑海里《人体解剖学》上的图案折叠。然后，她停下了动作，手里的东西看起来像……一颗心……

她爬向塞恩，靠近他前胸渐渐闭合的创口，对着那颗纸做的心脏命令道："呼吸！"

心脏在她的手里虚弱地跳动着。她把它塞进血淋淋的胸腔，刚收回手，塞恩的皮肤就完全合拢了。

魔法师没有动。

"醒醒啊！"她哭喊着，手上全是他的血。她拍着他的脸，使劲抽打，然后把耳朵贴到他胸口。她听见那颗纸做的心在微弱地跳动着，像就快要离世的老人的心脏。

他还是没动。

"你必须活过来！"她对他大叫，眼泪滑过下巴，滴落在他胸口。如果连魔法也救不了他……她就什么办法都没有了！

西奥妮站起来，喘息着跑上楼，直奔藏书室。她一把抓起电报机，连通她唯一知晓的线路：魔法师阿维斯基。

她手指颤抖，迅速敲出信息代码，艰难地干噎了一下。

塞恩受伤立刻赶来十万火急血割者偷走了他的心

她敲完后，退了一步，仿佛电报机就是一具尸体。她双手捂嘴，压住哭泣。

"茴香"在她脚边吠叫，蹬着四只纸腿，发疯般跳跃着。

西奥妮低头朝"茴香"望去。小狗见她注意到了自己，立刻像离弦的箭一样冲进走廊。西奥妮跟在后面，一路跑下楼梯奔进餐厅。没等她看见塞恩，就先听到了急促的呼吸声。

"塞恩！"她大喊一声，跪到他身边。

他看起来就像死了一般，眼睛眯成两条细缝。苍白的皮肤下，看得见一条条血管。他抬了抬手，又垂下了。"窗户，"他说道，绷紧的喉咙挤出每一个字，"第二条……链子。去拿……"

西奥妮跳起来，跑回书房。她清楚地记得那儿的窗前挂满了纸链。她从左边开始数到第二条，扯下来。这一条是用魔法折出的三角形,紧紧扣在一起。她还扯下了从右边数过来的第二条椭圆形纸链。

她急匆匆跑回餐厅,把链子拿给塞恩看,问道:"是哪一条?"

他虚弱地动了动下巴,指向三角形串起的纸链,低声说:"缠在……胸口。"

西奥妮紧捏着纸链一端,靠向塞恩,把链子塞到他身下,从另一边拉出来,再把纸链两头交叠起来。

"驱痛。"塞恩虚弱地发出命令,纸链慢慢缠紧。塞恩深深吸进一口气,咳嗽起来。

西奥妮帮他抬起头。他咳了一会儿停下,睁开眼看着她。

她倒吸一口凉气。他的眼睛……

眼里的光亮消失得无影无踪。

灰蒙蒙的,毫无生气。毫无生气的、玻璃似的眼睛。

泪水重新涌进她的眼眶。

"我给魔法师阿维斯基发了电报。"她说,每个字都在喉咙里颤动,"她马上就来。会有人来救你的。"

"非常明智。"他虚弱的声音几乎没有语调,"住得最近的医生……也很远。"

"哦,天哪。"西奥妮轻声说,拂开塞恩额头的几缕乱发,"她对你做了什么?"

"里拉……摘走了我的心脏。"他说道,语气平淡,就像在讲解课本。

"我知道,"西奥妮的声音很小,"可为什么?"

"她想阻止我……"

"……阻止你?"

塞恩没再继续。他玻璃般的眼珠在眼眶里缓缓转动,毫无表情地看着屋内。

西奥妮不断抚着他的前额,拨开缕缕黑发。"那是什么链子?"她问,侧过脸,在肩上蹭掉脸颊上的泪水。她得让他不停说话……

"活力之链。"他低声说,毫无神采的眼睛注视着天花板,"它能维持这颗新的心脏跳动,一段时间。"

"一段时间?"

"纸做的心脏坚持不了多久,特别是做得粗糙的。"他说,"这条链子会让它跳动一天,最多不过两天。"

"可你不能死!"西奥妮哭了。塞恩对她的哭喊只是微微眨了眨眼。一滴眼泪滴落在他鼻梁上,塞恩却一动不动,仿佛已经感知不到她的存在。"你还有好多东西没教我呢!你那么好,不能死!"

他没有回应。

西奥妮轻轻放下魔法师,站起来,踩着一地碎渣走到前面的房间,一路抹着淌个不停的眼泪。西奥妮从沙发上拿了靠垫,又从箱子里取出毯子,把这些东西垫到塞恩身后,想让他舒服点儿。她不敢挪动他。"茴香"坐在他身边,不停地呜呜叫唤,身后的尾巴着急地摇晃着。

　　日落两小时后，三个人艰难地穿过堆满碎块的走廊，来到餐厅。西奥妮都见过他们，至少其中两个她有印象。魔法师约翰·卡特，一位铁熔魔法师，还有魔法师艾尔弗雷德·休斯，赛普尔橡胶魔法师。两位魔法师都是魔法内阁的成员——卡特负责农业部，休斯负责犯罪管理。他们中间站着魔法师阿维斯基。

　　西奥妮的喉咙哭得又干又哑，尽最大努力复述了每一个细节，包括她在塞恩的预见之盒上看到的预言。她怀疑，很可能是自己不小心唤来了里拉，这一切都是她的错。

　　"别胡思乱想。"魔法师阿维斯基对她说道。魔法师卡特和休斯就着四根蜡烛的光亮，仔细检查躺在地板上的塞恩。魔法师阿维斯基继续说："唯一能够操纵艾默里·塞恩未来的人，只能是艾默里·塞恩自己。"

　　魔法师休斯戴上一副橡胶手套，躬下腰，伸手按了按塞恩的脖子和前胸。西奥妮知道他是一位橡胶魔法师，脑子里突然冒出一个念头：他戴的手套有没有施过魔法？尤其是，他把用过的手套塞进了外衣口袋，而不是扔进垃圾桶。"毫无疑问，是血割术。"魔法师休斯低声说，"魔力强大。我认为必须派卫兵看守，以免他们再来。尤其要防范里拉。"

　　"卫兵？"西奥妮问，心跳加速，"什么卫兵？她为什么要伤害塞恩？她是谁？"

魔法师休斯皱起眉头，拂了拂他不长的白色胡须。阿维斯基把一只手放在西奥妮的肩膀上，"也许你应该去睡觉了，特维尔小姐。今天够你受的了。"

"不！"西奥妮哭着说，"让我待在这儿吧，和他在一起。我想帮上忙。"

昏黄的光线下，皱着眉头的魔法师阿维斯看起来老了很多，也高了许多。"特维尔小姐，你或许已经不再是塔吉斯·普拉夫学校的学生，但你仍在内阁的管辖之内。上楼去休息。这不是请求。明天一早，有什么情况我都会告诉你的。"

西奥妮觉得体内有什么崩溃了。她刻意绕过魔法师休斯身边，这样就能瞥一眼地板上的塞恩。他双眼紧闭。尽管昏迷不醒，但他的呼吸还算平稳。魔法师卡特跪在他身边，在笔记本上匆忙地写着什么。

她双手紧握在胸口，走过塞恩身边，一直望着他，走上楼梯。魔法师休斯在她身后关上了门，但她知道他没有钥匙，无法上锁。

西奥妮犹豫片刻，重重地踏着步子，蹬蹬走上楼梯，走向卧室。进去后，她脱下鞋子，小心翼翼地溜下楼，留心跳过会咯吱作响的第九级楼梯。

她坐在最后一级楼梯上，避开锁眼里透出的稀薄烛光，悄悄听着。

"……越来越近了。"魔法师休斯的声音很小，"记得吗，利里斯的追捕是艾默里报的信。到现在还不到两个月。"

"还有没有其他人也被袭击了？"魔法师阿维斯基问，听起来非常着急。西奥妮从未听过她如此焦虑。

"昨天早上，有人用类似的手段，谋杀了魔法师卡尔·托德。"魔法师休斯回答，"他和艾默里一样，也是一名追踪血割者的捕手。不过那次谋杀不是里拉干的，她……比同党利落得多。"

魔法师卡特说："可我们只知道这些。自从去年他们抓走派普尔后，便毫无进展。你还记得我们拘捕伽本·苏特的时候，他说了什么吗？他当时坐在椅子上，像个疯子一样旋转……'我们会通知其他人的。你们像动物一样猎捕我们，我们也会以牙还牙……'"

"今天这事儿，也可能只是塞恩和里拉之间的私人恩怨。"魔法师阿维斯基说，"除非我对他俩的关系了解得不准确。"

魔法师休斯把西奥妮告诉他的话重复了一遍："'我要走了。我要带你一起走。'里拉只说了这些。没有书信，没有仪式。派翠丝，我了解这个女人。如果只是为了复仇，她一定会弄出更大的动静。除非她是顾忌到西奥妮在场。"

"或许，"魔法师卡特插话道，"她终于学聪明了。白刀子进红刀子出，即刻完事儿。"

魔法师休斯说："不，她没理由这么做。"他顿了顿，"她知道艾默里是财团的核心人物，他们都知道。他自己在财团也有投资。而且，她对他，一向……特别……感兴趣。"

财团？西奥妮想。她的脚开始抽筋，可她不敢动，还不能动。血割者，财团？

难道魔法师塞恩亲自监管着黑魔法？还有，魔法师休斯说的"特别感兴趣"是什么意思？

地板轻微颤动起来，有人挡住了锁眼的烛光。西奥妮屏住呼吸，但门并没有开。是有人靠在了门上，餐厅里的对话更模糊了。

"听上去，好像她打算离开英格兰。"魔法师卡特说，声音十分含糊，西奥妮几乎听不清，"也许还会离开欧洲。"

"那我们现在该怎么办？"魔法师阿维斯基问。听得出是她靠在门上。

"先做记录。"魔法师休斯缓缓地说，"收集所有证据，给现场画图之类的。收集地板上所有里拉可能使用过的鲜血。"

"要不要去抓她？"魔法师卡特问。

"这要由议会决定。"魔法师休斯回答，听起来很恼怒，"我们必须先获得议会批准，接管这栋房子，派兵守卫。"

西奥妮攥紧裙子，先获得批准？到那时，里拉早逃得没影了。

"再等我们就抓不到她了。"魔法师阿维斯基说，好像她听见了西奥妮的心声。

"你必须明白，派翠丝，血割者全都诡计多端，"魔法师休斯解释说，"而且极度危险。如果他们碰到你的身体，就能从你身上抽取魔力。那是杀戮的魔法。没人能说抓就抓。如果她像特维尔小姐说的那样，消失在血云中，那么她现在会在半径三十英里内的任何地方。"

接下来是一阵寂静，西奥妮能听到耳朵里血脉的鼓动声。她感到脸很烫，眼睛刺痛。他们真的要任由那个女人逃之夭夭吗？

"艾默里·塞恩怎么办？"魔法师阿维斯基问，声音轻得几乎无法听见。

又是一阵很长的沉默后，魔法师休斯说："尽我们所能，让他舒服些吧。"

不！西奥妮双手捂住嘴，不让自己叫出声。尖厉的叫声在脑中回荡。他们怎么能这样？怎么能让他去死？

西奥妮浑身颤抖。她站起来，膝盖发出咔嗒的声响，她踮着脚上了楼。他们的谈话，她没法再听下去了。站在楼上，她又一次流下眼泪，只不过这次，泪水冰凉。

他就要死了。魔法师艾默里·塞恩没了心脏，就要死了。

走廊尽头传来"茴香"轻轻的脚步声。它停下，像真正的小狗那样舒展身体，挠了挠绿松石色项圈下的脖子。

西奥妮弯下腰，伸开双臂把它抱起来，轻柔地贴在胸前，努力不让自己哭出来。

这一切都错了。

她停在自己卧室门口，没有进去，继续走到塞恩的卧室门前。她一手托住"茴香"，另一只手推开门，点燃穿衣镜前的蜡烛，看了看四周。

床上洗叠好的衣物被收走了，除此之外，一切都和她离开时一模一样。西奥妮感到一阵战栗，抱着"茴香"的手臂搂紧了些。她走过穿衣镜、书架和透着夜色的窗户，站在衣柜和床头柜前，心不在焉地看着塞恩的衣物，里面有些还是她一天前才洗过的。在衣柜尽里头，她找到了塞恩的魔法师制服。制服是白色的，这是代表纸张的颜色吗？这是一件双排扣夹克，金色的纽扣，浆过的袖口崭新整洁，仿佛从未穿过。西奥妮忍不住想，如果塞恩穿上它，一定英俊潇洒。还好昨天他没穿，否则西奥妮一定会舌头打结，小鹿乱撞。

她皱起眉。想这些没用的干什么。

她从衣柜前走开。被她抱得太紧的"茴香"不安地扭动起来。她放下小狗，冰凉的手塞进口袋。右边口袋里有个东西扫过手指。

她从里面摸出一片微小的雪花，那是她当学徒的第一天偷偷揣进去的。她用拇指轻轻抚摸雪花上细小、脆弱的剪口，暗自庆幸没洗这条裙子。雪花感觉仍旧覆着霜，像真的一般。雪花，他为她做的。所有的一切都是因她而起，不是吗？

摇曳的烛光中，她说："我必须救他。必须。"因为她知道，没有人会。

西奥妮咬紧嘴唇，用手护着烛光，匆匆走出这个房间，小声叫"茴香"跟上。她穿过大厅来到藏书室，把蜡烛放到窗户下的桌子上。坐下后，她抓起一张厚度适中的绿色正方形纸，开始依照记忆折出一只小鸟。纸魔法在她指尖震颤。

她取出一页极轻的粉色纸页,叠了另一只,然后又做了一只白色的。她想象塞恩的手握住她的,引导她施展折术。她在烛光里眯起眼,确保每一条线都对齐了,每一抹折痕都是笔直的。

折出六只小鸟后,她发出命令:"呼吸。"忽然感到格外自信。

有五只鸟儿活了。粉红色的那只,她做的第二只,一动不动,看不到任何生机,只是一张折过的纸页。西奥妮心想,可能是在折叠鸟儿身体的时候,某个步骤做错了。不过,她现在没有时间复查了。

五只小鸟中,两只振翅高飞,一只在梳理羽毛,还有一只没有眼睛却盯着她看,最后一只在桌上蹦跳,惹得"茴香"汪汪直叫。西奥妮对小狗"嘘"了一声,找出一支钢笔,抽过一张白色羊皮纸。

她开始书写,笔尖流出的墨水迅速渗进羊皮纸里。她写得很快,却十分小心,避免犯下任何错误。她不知道,如果拼错了字,这个法术还会不会生效,或者语法错误会不会误了全局。她耽误不起。

写完之后,她对着鸟儿们说:"来,到这儿来!"她尽可能逼真地模仿着鸟鸣声,朝鸟儿们吹着口哨。

那两只飞走的小鸟降落下来。其他的靠近了些。它们在桌子上排成两行。

西奥妮深深吸一口气,让自己的声音平静下来,拿起羊皮纸念道:"有个女人闯进餐厅,她的头发是深棕色,眼睛是黑色。"她在脑海中勾画出当时的景象:里拉自信的模样,血红的嘴角翘起来,她把手伸进那瓶血液，指甲长而锋利。"她是个邪恶的女人，全身都充满邪恶。她的讥笑会惊醒任何醉汉，她的指尖残留着黑魔法的鲜血。"

故事描绘的景象慢慢浮现在鸟儿们面前，栩栩如生，正如西奥妮记忆中里拉的模样，而西奥妮的记忆像照片一样丝毫不差。里拉飘荡在餐厅中央。西奥妮集中精力，模糊周围的景象，让里拉的面容越发清晰起来。

"我要你们找到她。"西奥妮说着，驱散幻象，"一找到她就回来告诉我。能做到吗？"

鸟儿们跳跃了几下。这是她能得到的最明确的回答了。

西奥妮点点头，跑到窗前，猛一使劲，推开了窗户，力量大得似乎足以摇撼整个房间。五只小鸟飞了出去。风很凉，但天空晴朗，没有下雨。至少，大自然母亲今夜站在她这边。

西奥妮让小狗紧跟着她，开始搜集她用得上的物品。

她从藏书室书架上的每一摞纸里各抽出一张，又从塞恩卧室里拿来一幅较大的纸，把它们都卷起来，用发带绑紧。她去了自己的卧室，关上门，找出枪，塞进包里藏好。过去的几周她没空摆弄枪，但她知道枪肯定没问题。包里枪的重量让她感到……安慰。西奥妮回到藏书室，翻出一本地图册，撕下两页地图，一张是英格兰，另一张是欧洲，以防万一。她把地图塞进针织挎包，沮丧地想，如果事情发展到要用欧洲地图的话，她或许永远都找不到里拉了。欧洲太大了……而塞恩最多只剩下两天生命。

她摇摇头。"我会找到她的。"一半是对自己一半是对"茴香"说，"我必须找到她。"

所有东西都收拾好了，除了食物。食物在楼下，她不敢去。西奥妮上床睡觉，但睡得很不安稳，断断续续的，让她非常难受。黎明时分，她起了床，疲惫地走下楼。

只有魔法师阿维斯基留下来，睡在前厅沙发上。西奥妮悄悄经过她，去厨房抓了奶酪、面包和很长一截香肠。这些食物可以顶两天。然后，她跪在塞恩身旁，望着他。他一动不动，呼吸缓慢嘶哑。

她把耳朵贴到他胸口，那里被一位魔法师清洗过了。只有被撕破的衣领和它周围的血迹昭示曾发生过的惨剧。

"怦""怦"，她听到心脏抽搐着轻轻跳动。第二声很微弱，西奥妮差点儿没听到。

看着魔法师苍白的面孔，一阵恐惧如刀般划过西奥妮心头。里拉，一名血割者，如此轻松就打败了塞恩。自己竟想降服她，有多少胜算？

只要不碰到她就好，她记起昨晚那三位内阁魔法师说的话。西奥妮想，如果自己真的赢了，那才叫意料之外呢。

"请你一定要活下去。"她在塞恩耳边轻声说，"如果你还能教我，我愿意成为纸魔法师。所以，请你一定要活下去，否则我余下的人生会变得一无是处，成为一个废人。"

她抚了抚他的头发，深吸一口气，返回楼上，等待着。她扫过藏书室的书，挑出和折术有关的，一页页浏览，在重要或者吸引人的地方停下，仔细研究其中的图片和文字——把所有信息都印入脑海。她竖起耳朵，听着楼下魔法师阿维斯基的动静，希望她睡久一些。

突然，藏书室的窗户上响起轻微的敲击声。

她扭过头，看见纸做的鸟儿在晨曦里扑腾。它的尾巴弯成一个别扭的角度，右边的翅膀尖擦伤了，看起来鸟儿似乎遭遇到了什么。窗户刚打开，绿色的鸟就拍打着翅膀飞了进来。这是她做的六只鸟里的第一只。

西奥妮合拢双手，把小鸟捧在手心，"告诉我，你找到她了。告诉我，你看见了什么。"

小鸟蹦了一下。

"你在说'找到了'？"

小鸟蹦了一下。

"如果我把你修补好，你能带我去吗？"

小鸟又蹦了一下。

西奥妮紧张起来。她放下小鸟，拉直它的尾巴，从塞恩的东西里翻出胶水，粘好小鸟翅膀上的微小裂缝。鸟儿啄了点儿胶水，糊在喙上。

"别玩了。"西奥妮说着，将沉重的挎包甩上肩膀。她捧起小鸟，踏进走廊，却又停下了脚步。

接下来她该怎么做，雇一辆马车？她该如何跟车夫解释？她付得起车钱吗？里拉跑了多远？小纸鸟没法告诉她距离。

要是魔法师阿维斯基已经醒了，在下面等着她怎么办？她没有时间争吵！她得快点儿离开，要赶在里拉逃远之前……

西奥妮迟疑了一下，转头看向身后通往神秘三楼的楼梯。三楼上有塞恩说的"大"法咒。即便在塞恩不在家那段时间，她也没有查看过三楼。那里会不会有能用上的东西？

西奥妮用力咽了口唾沫，两步并作一步上了楼。楼梯在她脚下嘎吱作响。她有点担心楼梯顶端通往三楼的门上了锁。不过，当她伸手握紧门把时，门只是微微抵抗了一下，就打开了。

霉灰的气味扑面而来，门后的温度比楼下明显低好几度。三楼好像就只有一个大房间，天花板高得异乎寻常，上面居然还有一扇通向外面的门，门边悬下一条拉门用的绳子。

黎明的晨光透过覆满灰尘的窗户，洒在她身上。"茴香"已跟着她跑跳着上了楼，此时正嗅着她的鞋。忽然，西奥妮看见了两件东西，顿时惊得目瞪口呆。

第一件是一架巨大的、用纸做的滑翔机。就是那种男孩子在课堂上经常叠的，趁老师背过身时就投向女孩的飞机。第二件东西和西奥妮叠的纸鸟很相近，只不过更大，还没有折完。

两样东西都比几周前西奥妮来这里时乘坐的马车大上三倍。

"你的确是疯了。"她自言自语着走向滑翔机。滑翔机的表面薄薄地落了一层灰，飞机顶端两边各有一个扶手。没有椅子，也没有安全带。

很明显,塞恩还没有驾驶过这架滑翔机。没人会飞这玩意儿!这架滑翔机肯定只是个模型。如果能驾驶这样一架滑翔机去采购家用,谁还会抱怨采买是件无聊的事!

她有些好奇地摆弄着顶部的扶手。它看起来可以飞,应该可以飞。只有这样的东西才能让她追上里拉。而塞恩能不能活就全靠她了。

自从来到这里,这是第一次,西奥妮希望事情不要那么刺激。

她挺直肩膀,两手握拳,说了句"走吧,'茴香'。"她转过滑翔机的长翼,一手捧着那只绿色的小鸟,一手提着包,跨坐在机头上。滑翔机的纸很厚,十分坚固,没有被她压弯。

谢天谢地。

西奥妮拉了拉那根绳子,天花板上的门打开了。几片枯叶落到她头上,接着,露水的气息涌了进来,还有鸟儿的鸣叫。

西奥妮深吸一口气,向前俯下身趴在机身上,抓紧扶手。她只能祈祷,赋生术的咒语可以让滑翔机飞起来。时间紧迫,她找不到其他咒语。

她先对小鸟发出命令:"带我去找里拉。"

纸鸟儿扇动翅膀,飞出门去。

接着,西奥妮对着滑翔机发出咒语:"呼吸。"

身下的滑翔机像一头疯牛一样猛然弓背跃起。西奥妮尖叫起来,

"茴香"也狂吠着跳上了滑翔机。

西奥妮抓住把手，朝怀里一拉。滑翔机抬起机头，穿过天花板上的门，一跃而出。

第七章

    西奥妮从施过咒语的黄色小屋里飞了出去，冲向天空，视线紧紧锁住那只绿色小鸟。鸟儿倾斜翅膀，引路向西飞去。

    西奥妮指节泛白地抓着滑翔机把手，右手肘夹着"茴香"的脖子，努力跟上小鸟。她身体前倾趴在滑翔机上，右手用力拉拽调整方向。但力道过猛导致机身四下晃悠摇摆不定。滑翔机不停地攀升，攀升。西奥妮试图让自己冷静下来，不断调整这个靠咒语飞行的大家伙，好不容易让机头对准了远处那一点绿色。风吹拂着她的发辫，她降低飞行高度，向着绿色靠近。

    借助风力和上升气流，滑翔机的速度越来越快。每隔几分钟，西奥妮就得四处寻找鸟儿。她发现，用力拉动把手滑翔机会攀升，而推压则会下降，但如果能在推拉间切换自如并撑高一点身体的话，就能很好地控制速度。

终于有闲暇环顾四周时，西奥妮惊讶得吸了一口气。如果有人认为，像西奥妮这样在全国顶尖的魔法学校上学的女孩，一定去过很多大城市见过各种世面的话，那就错了。她还从未看到过这样广袤恢宏的伦敦。

这座在塞恩家以南的遥远的城市繁华无比、色彩斑斓。而随着她越飞越远，那些颜色也逐渐淡去。西奥妮架着滑翔机做了个急转弯，她看到了塔吉斯·普拉夫魔法学校的主塔，后面那排斜斜的树林一定就是德威公园。街道仿若滑溜溜的鳗鱼般在城市里蜿蜒穿行，没有一条是笔直的，大部分道路看起来连它们自己也迷失了方向。她看到了自己长大的地方，米勒贫民区，那里的大部分房子都是棕色的，鳞次栉比，她辨认不出哪一栋是她的家。她还看到了通往一家餐厅的铁匠路，她一直在那家餐厅打工，后来得罪了他们最重要的客人，只好离开。对那件事，西奥妮毫不后悔，但也不愿多想。

像船长在海上航行一般，西奥妮在天空遨游着。她从肩膀一侧望去，宅院、商店、树木和巨大的烟囱都变得越来越小。她一度认为折术无用，多傻啊！铁熔魔法师肯定不能像她这样飞翔！塞恩应该为滑翔机申请专利——如果他还有机会的话。

这个想法让她冷静下来。西奥妮向前方望去，找到那只小鸟。塞恩应该还有机会的，她一定会为他争取到这个机会。然而，她不得不承认，一旦小鸟引领她到达了目的地，她压根儿不知道接下来该怎么做。好在下面那些茂密森林里的道路和乡村小屋，从树木中蜿蜒而出的河流，以及耳边呼啸的风声，都让她没法多想仓促行动会导致的后果。

小鸟不停飞着，不知疲倦。大风偶尔让它偏离航线，它也会扇动翅膀，挣扎着恢复正确方向。清晨阳光下的天空呈浅蓝色，阳光最强烈时天空则变成了一片深沉的蔚蓝。"茴香"在她的手臂下轻轻喘着，还好它没乱动。西奥妮觉得手指都快断了，肚子咕噜咕噜直响，但她不敢松手，也不敢从挎包里掏点儿东西吃。

他们不停地飞。西奥妮闻到了海水的气味，看到了英吉利海峡上方无尽的碧空。根据海岸线的形状判断，小鸟已经把她带到了浑浊岛附近。眼前的景象让西奥妮觉得这个名字恰如其分。

她的胃部有些痉挛，手指因为太用力而变得越发苍白。千万别飞到海里去啊，她暗暗哀求，不知道自己是否能跟踪里拉一路越过海岸。大海无边无际，如此浩瀚……而她，却不会游泳。从小到大，西奥妮没有踏入过任何比浴缸的水更深的地方，如果能选择的话，她永远不会做这种尝试。直到现在，她的舌尖仍然能尝到亨德森鱼塘里水藻的味道，耳朵也还能听到水声。

喉咙发干，她干咽了一口，暗自祈祷。谢天谢地，小鸟开始降落。海里扬起的水沫溅在它翅膀上，减慢了它的速度。西奥妮让滑翔机加速，与小鸟并肩。她鼓起勇气，放开一边的扶手，从空中抓住小鸟，寻思该如何降落才不会摔得粉身碎骨。

"就是这里了，对吗？"西奥妮压过风的呼啸，大声问道。小鸟在她身下拍了拍翅膀。

西奥妮让滑翔机转了十多圈，每一圈都在不断下降，瞄准一个远离海水的地点降下去。

"我想我不能直接命令你降落，对吧？"她对滑翔机说，"把我轻轻地带到陆地上？"

滑翔机像那只鸟儿一样服从指令。它拱起机翼，突然降低高度，让西奥妮胃里一阵翻腾。滑翔机减慢了速度，几乎顺利地降落到一段土路上。路面星星点点地长着野草。

虽然松开了扶手，西奥妮的手仍旧僵硬地保持着抓紧的姿势。滑翔机在地面滑行，她小心地避开两侧的水洼。一定得让滑翔机保持干燥。"终止。"她发出命令，滑翔机蓦地失去了活力，停了下来，摇摇晃晃地倒向左边。"终止。"她又对小鸟发出命令，小鸟随即一动不动。她把鸟儿塞进滑翔机机身中间的一处折缝里，让小鸟能有时间晾干羽毛，又不会被风吹走。

西奥妮手臂下夹着"茴香"，眺望远方。海岸上礁石林立，远处西沉的斜阳在海面照出一条金色道路。西奥妮环顾着这个陌生的地方。隆起的黑色岩石奇形怪状，看不到任何生长的树木。附近没有沙滩，只有远古火山留下的陡峭悬崖。她只要走错一步，一定会溺水而亡。

西奥妮长长地吸了一口气，从包里取出一块奶酪。

"别出声，'茴香'。"她放下小狗，"别踩到水洼。要是闻到什么奇怪的气味就告诉我。"

西奥妮小口咬着奶酪，朝岩石走去，寻找安全的向下的路。西奥妮想，如果自己是罪犯，犯下滔天罪行后，一定会想尽一切办法，尽快逃离英格兰。她会径直逃往海边，那里会有同伙的船等着她。逃离这个国家最快的方式应该就是乘坐魔法滑翔机，但她不相信里拉会有滑翔机。

西奥妮从包里拿出塔萨姆手枪，握住木枪托，举到胸前。在两道不算陡峭的山崖间有一道垭口，她小心翼翼地爬下去。"茴香"四处嗅闻着跟了上来，还不小心滑倒了一次。下到一块崖边的礁石上时，西奥妮离海水更近了。她抚了抚裙子，继续往前走。她没有必要压低自己的脚步声，不断拍打在礁石上的海水吓得她瑟瑟发抖，但同时也抹去了她的踪迹。她尽量贴着崖壁走，海风吹得她身体冰凉，心跳加快，全身像吉他的琴弦一样绷得紧紧的。

一抹腥咸的海风吹散了她的发辫。她抓住飘在风里的发带，匆匆把头发绑在颈后。溅起的海水打在她脸颊上。她努力在浪花中站稳。"茴香"大口喘息着，兴奋极了，它好像闻到了什么。

海面忽然传来一声响亮刺耳的尖叫。西奥妮举着枪转过身，但枪口指着的方向并没有人，只停着一只眼中布满血丝的海鸥，死死盯着她。海鸥的羽毛脱落了一半，脖子上到处缝着针，干裂剥落的皮挂在脸上，腿上缠着布条，嘴喙末端断成了两半。

西奥妮僵住了，把手里的枪攥得更紧了。一只已经死了的鸟。一只*活着*的死鸟。血割者的牺牲品。

海鸥又尖叫一声，飞向海面。当它离开视线后，西奥妮才感到心脏又恢复了跳动。

她的牙齿咯咯打着战。她骗自己说，这是因为海上的雾气太凉。

血割者真的能让死亡之物赋生复活吗？这个想法让西奥妮浑身颤抖。为什么要用一只鸟呢？它会不会是传信的？西奥妮没有看到它血肉模糊的腿上绑着信……或许信已经投递出去了；又或许，它是谁派来打探消息的。西奥妮对血割者了解得不多，没法进一步推测。也许有人想联络里拉，帮她逃跑？

吃下的奶酪在胃里变得沉甸甸的。西奥妮弯腰把"茴香"抱在手中，让它尽量远离大海，似乎这也让她心里踏实些。

她沿着礁石密布的海岸线走了大约四分之一英里，看到前方有个半椭圆的东西——像是个洞穴。一个藏身之所，没错。西奥妮抱紧"茴香"，握紧手枪，随时准备射击。她悄悄地靠近岩洞。

到达洞口时，太阳已有三分之一没入海平面。没有灯笼也没有火把，但洞穴看起来不算太深。西奥妮查看了一下四周，没发现人，这才走进洞穴，脊背紧贴着粗糙的洞壁。

"茴香"不安起来。她对它"嘘"了一声。用不着小纸狗提醒，西奥妮也知道自己的做法是多么愚蠢。

接近洞底了，她的心开始怦怦乱跳。对面的洞壁边放着一双鞋。有人来过，还是最近。鞋子看起来很新很干净，但不是里拉在塞恩家穿的那双。

怦……怦……心跳声，却不是西奥妮的。这心跳比她自己的缓慢得多。

她一点一点向前移动。借着洞口射进的微光，她眯起眼睛仔细察看。洞底石壁四英尺高处凸出来一块，形成一道石坎。石坎边缘，有东西闪闪发光。

突然间，西奥妮呼吸急促起来。那里，黑色的石坎陷进去一个浅浅的凹槽，里面有一汪红酒色的鲜血，边缘闪烁着金光。鲜血正中，塞恩的心脏跳动着，和西奥妮看到它在里拉手里时一样。

西奥妮走近心脏，皮肤上泛起层层鸡皮疙瘩。魔法师塞恩的心，她找到了。

这么容易就找到了。

"茴香"猛地挣脱她的手臂。西奥妮迅速转身，双手握紧了枪。距离洞口几步远的地方，站着里拉。

她看起来和出现在塞恩的餐厅里时一模一样，只是左腿膝盖上方的裤子刮破了。海水的湿气让她的头发湿漉漉地黏在头上。她深色的眼睛眯缝着，两排睫毛又长又黑。西奥妮自己的眼睫毛是金黄色的，和她的很不一样。黑色的睫毛让里拉显得有些气势汹汹，但又十分美丽。她看起来比塞恩年轻，不比西奥妮大多少。

"我就知道打你打得还不够狠。"她说着,瞟了一眼西奥妮的枪。里拉似乎没有枪,只在皮腰带的一侧挂着几小瓶鲜血,另一边别着一把长匕首。"我饶你不死,这份好心却让你来反咬我一口了。"

她笑了,仿若刚说了一个笑话。

"你是里拉,对吧?"西奥妮问,放平枪口。她希望对方不要注意到枪在她手里抖得有多厉害,"我要把心脏带回去。只要你不挡我的路,我就不会开枪。"

开枪打她。除了标靶,西奥妮这辈子还没对真人开过枪。

里拉上前一步。西奥妮感到掌心直冒汗。里拉讥笑道:"你真的知道怎么开枪吗?"

西奥妮咬紧牙,又瞄了瞄枪口,拉开枪栓。她买不起可以随意击中目标的魔法子弹,她只有普通子弹,射击全靠瞄准。

血割者里拉向前一步,停下。她从腰带上取下一瓶血。西奥妮使尽全力稳住枪口。在她身后,塞恩的心脏更加有力地跳动起来。或许,她听到的是自己血脉的搏动?

"把瓶子放下。"西奥妮说完,清了清嗓子,又重复一遍,"把瓶子放下,否则我要开枪了。我发誓我会开枪的。我要把这颗心带回去。"

里拉忽然沉下脸,"黄头发的臭女人,我绝不会让你拿走本来属于我的东西。"

里拉用拇指弹开小瓶,把血液洒在掌心,往前一步。

西奥妮退后一步,"我会杀了你的!"她大声喊道。

里拉开始用一种神秘的语言念诵咒语。西奥妮一句也听不懂，里拉的咒语和她学过的完全不同。里拉的手闪烁出金色，她又往前走了一步。

西奥妮开枪了。

枪把在她手里猛地向后一顶，"嘭"的一声，巨响在洞穴里回荡，刺进西奥妮的耳朵里。火药的刺鼻气味钻入鼻孔，溜进嘴巴。"茴香"在她脚边呜咽起来。

里拉突然睁大的眼睛有些湿润，黑漆漆的瞳孔犹如风干的玫瑰花瓣，子弹打在了她的右胸上。她咕哝了一句，单腿跪倒在地，那只施展魔法的手仍在发光。她的嘴唇开合着，声音很低，西奥妮听不见。

她垂下枪口，感觉眼睛里一阵跳痛。她觉得喉咙发干双手发凉，脑中一片空白。好不容易缓过神后，她看见里拉把闪闪发光的手压到了胸口的枪伤上。

在里拉的手下，一股奇异的光旋转了不到两秒，忽地一闪，消失了。里拉深吸一口气，站了起来，左右晃了晃头。一个很小的金属物件从她手里掉落，撞在洞穴的地上，发出清脆的响声。

那是一颗子弹。

西奥妮吓得差点儿扔掉了枪。难道……难道里拉刚才自己治好了枪伤？

她心念电转：血割术的力量凌驾于肉体之上。里拉又往前一步。

除了衬衫上的血迹，她看起来毫发无损。而西奥妮只有一颗子弹，一颗，就躺在里拉身边的深色岩石上。

没等西奥妮开枪，里拉已经开始念疗伤咒语了。她想让西奥妮射光子弹。而恐惧让西奥妮成了这个血割者的棋子。

现在，西奥妮所有的，仅仅是一挎包的纸，攻击性最小的魔法介质。在这种情形下，就连橡胶也比纸管用得多。

"不玩儿了。"里拉哼了一声，往前走了一步，接着再走了一步。西奥妮节节后退，枪从冰冷湿腻的手中滑落在地。

她的后背抵上了洞壁，手肘碰到了塞恩的心脏。

面前的洞穴旋转起来，西奥妮觉得自己猛地向下坠落，身边传来嗖嗖的风声。洞口的阳光从眼中猛地一跳，消失了。她跌落在一样坚实而又柔软的东西上，周围传来"怦""怦""怦"的巨响。

"哦，这就是冲动的恶果。"里拉说，低沉的声音在西奥妮周围飘荡，在看不见的墙壁间回荡。

她发出令人毛骨悚然的笑声，听得西奥妮心惊胆战。"现在，艾默里和他没断奶的小屁孩儿，都攥在我手里了。"

第八章

西奥妮身边不断传来鼓声，震动着地板，每次都是三拍。眼睛适应以后，她看到了一个绯红色的房间，所有的墙壁都是弯曲的：右边的墙凹进去，左边的凸出来。地板也不平坦。她能看见一层柔和的光，却找不到任何蜡烛、灯笼，连一根电线也没有。房间里的热气压迫着她，她想站起来却又跌倒在地。连续不断的"怦、怦、怦"的鼓声震颤着她发抖的双腿。

"茴香"在她身边叫唤。这里一定是里拉设置的陷阱，她连小狗也一起抓了进来。

在右边，墙壁和地板之间，流淌着一条窄窄的河流，河水看起来像血，看得她目瞪口呆。类似这样的房间她以前也见过，但比这间小，它被放置在一张金属桌上，逐渐冰冷。她曾亲手把这样的"房间"从死去的青蛙体内移除。

这里是魔法师塞恩的心，西奥妮就站在里面。

"怦、怦、怦"，"怦、怦、怦"。不知这不断搏动的声音究竟来自墙壁还是自己的胸腔，西奥妮分辨不清。她用力深吸一口气，上下左右检查着这间奇怪的腔室。

眼角捕捉到一样漆黑的东西。她转过身去，看到了里拉，手里拿着她的枪，食指套在扳机护圈里，像摆弄玩具一样转着那把枪。

"茴香"发出一声轻轻地、纸页摩擦似的吠叫。西奥妮把它抱起来，尽量不露出内心的恐惧。但她的腿仿佛已经变成了两根冰柱。

里拉笑了，"艾默里身边全是傻瓜。心脏陷阱本来只是个临时计划，我会把你放到一个你永远无法逃走的地方去。"

她停止转动手枪，右手紧紧握住枪柄，好像要把枪捏碎一般，"你真的以为你可以用这玩意儿打败我吗？"

西奥妮喘着气，颤抖着。她想逃走，她无法像这样面对里拉，她还没有准备好。对于黑魔法，她一无所知，更不知道该如何与之对决。眼前这一切，她根本没有预料到！

西奥妮后退了一步，里拉却逼近两步。西奥妮的后背汗水淋漓，衬衫紧贴在皮肤上。她又后退一步——忽然间，整个心室在她周围震动起来。

红色血肉铸成的墙壁忽然变成了点缀着点点白云的蓝天，血红的溪流化成了地毯一般的茂密草地。看到这变化，西奥妮差点儿把"茴香"掉到地上。魔法师塞恩的心跳变得十分遥远，成了隐约的回声。她能闻到丁香花的气味，闻到被阳光晒热的绿叶的清香，感到夏日和煦的微风拂过脸颊。身边不远处冒出了几棵枝繁叶茂的大树，一根接近地面的树枝上吊着一个土棕色的大鸟笼。在西奥妮和大树之间，距离地面四五英尺高的地方，架着无数个灰箱子，每个箱子都是由无数个被风雨阳光磨损得很旧的小箱子叠在一起垒成的。

西奥妮前看后看，脑中浮起一丝恐惧和一丝疑惑。她在裙子上擦了擦手心里的汗水。

笑声传进她耳朵里。

她转过身，看到面前站着四个小孩，头上戴着帆布宽檐帽，帽边垂下细密的纱网，遮住他们的脸和脖子。他们还戴着直到手肘的手套。西奥妮估计，这几个孩子最小的差不多三岁，最大的不超过十二岁。

"茴香"在她臂弯里扭动着，跳到了草地上，奔跑着要和小孩们嬉戏，硬纸做的四肢跑得飞快。

一只圆滚滚的蜜蜂在西奥妮身边嗡嗡飞着，她下意识地挥开。也就在那一瞬间，她才注意到，每一个灰色箱子周围，都飞翔着嗡嗡作响的蜜蜂，像会唱歌的云彩一般围着蜂房转悠。

她惊讶得张大了嘴。难道这里是养蜂场？

塞恩心脏里的养蜂场？

　　从孩子们身后走出一个个子很高、身材魁梧的男人,走向嗡嗡作响的蜂箱。他身上罩着结实的帆布,裤管塞进了鞋里,下巴上系着帽带。西奥妮无法透过帽子上垂下的面纱看清他的长相,何况面纱上还爬满了蜜蜂。

　　西奥妮揉了揉眼睛,确定自己没有眼花,这才往前迈了一步,朝那个被帆布包裹的男人喊道:"喂!"

　　她大喊了几声,男人都没有转身。年龄最大的那个男孩围着她转圈,却一眼都不看她,而且他好像能透过她看到她的身后。他不知道她的存在。没有哪个小孩看得到她。

　　还有里拉……在哪里?西奥妮在蜂箱之间穿梭,搜寻里拉。蜜蜂们和小孩一样,根本不知道她的存在。她望向树后,看到了矮矮的、绵延不断的山丘,却哪里都找不到血割者的踪迹。

　　她从包里拿出一页白纸,捏在手里。这给了她一点点安全感。

　　"你才是呢!"那个八岁左右的女孩大叫道,面纱下探出两根赤褐色的羊角辫。她从年纪最大的男孩身边跑开,在六七个蜜蜂飞舞的蜂箱间大笑着。

　　"别碰到蜂房!"男人叫道,嗓音低沉粗犷,他的手爱惜地摸着蜂箱。他从蜂箱顶部抽出一块木板,西奥妮惊奇地看到木板上粘着琥珀色的蜂巢。男人将木板带到一辆独轮车前,蜜蜂爬满了他防护得很好的手臂。他将木板上的蜂蜜刮进车里的高铁桶里。西奥妮很想尝一口,可她更想知道,自己怎么会来到了这个地方?

更重要的是：这是哪里？

西奥妮敢肯定里拉没有把她送远。一个操纵黑魔法的人怎么会把她送到那么远的——而且充满欢乐的——养蜂场呢？

"茴香"踮起后腿站直身子，想仔细瞧瞧飞在它头顶的那只肥硕的蜜蜂。又一只蜜蜂在西奥妮身边飞来飞去，不降落，也不蜇她。即使它蜇了，西奥妮也感觉不到。

"艾默里，把勺子拿给我，好吗？"男人大声喊道，指指草丛里的长把铁勺。听到这个名字，西奥妮把目光转向了年纪第二小的那个男孩。他大概六岁左右，正从蜂箱跑向铁勺。西奥妮手里仍然拿着纸，她跑向小男孩，透过他白色的面纱仔细瞧着他的脸。小孩子看不到她，即使她蹲在他的面前，他也看不到。他的帽子下面露出几缕黑发，眼睛是明亮的绿色。

"魔法师塞恩。"西奥妮悄声说道。那双眼睛足够证明这就是他。小男孩像个幽灵一样穿过她的身体，把勺子递给男人，西奥妮猜他就是魔法师的父亲。男人拍了拍塞恩的头——小艾默里的头，男孩咧开嘴，绽放出一个大大的笑容，又跑回去和兄妹们一起玩耍。他在蜂箱间熟悉地跑跳着，西奥妮相信，哪怕蒙上眼睛，他也找得到路。

他们是魔法师塞恩的家人……西奥妮想。可是，她怎么会看得到这些记忆呢？难道是梦？

魔法师不是说他是家里的独子吗？

"魔法师塞恩!"她大声喊他。草地向着山丘远处伸展,一棵大树上挂着一个轮胎做的秋千,两者之上,忽然飘过一道阴影。微风拂起小男孩深色的头发。

里拉。

西奥妮只觉得呼吸被憋回了胸腔,指头变得冰凉。她用尽全身力气才弹了个响指,叫回了"茴香"。小狗跟着她跑向另一个方向,远离血割者,远离蜜蜂,远离年幼的艾默里·塞恩。她现在唯一能做的就是逃跑……直到找出抵御强大的血割者的方法。

眼前的景物扭曲了,变暗了。西奥妮周围忽然响起刺耳的掌声,吓得她差点儿跳起来。

"茴香"在她脚边狂吠,一排又一排的男人和女人围绕着她鼓掌。西奥妮不认识他们。她好像置身于伦敦西部的艾尔伯特皇家大剧院。走廊上铺着红色地毯,悬在头顶的一盏盏水晶灯上插满蜡烛——全都没有灯泡。西奥妮感到一阵眩晕,目光停在附近一个身穿毛皮大衣、正在鼓掌的高个子女人身上。西奥妮挨近女人,压过掌声问:"发生了什么?"但女人没有回答,看都不看她一眼。西奥妮又一次发现自己像个幽灵,不过,比起自己,眼前铺展开来的景象更像幽灵。

西奥妮向身后望了望,看不到里拉。她如释重负,长舒了一口气。掌声慢慢减弱,她蹲在两排座位之间的走道上,施法折一只小鸟。

"下一位是魔法师艾默里·塞恩,折匠,来自十四区。"西奥妮身后忽然爆发出一个响亮的声音。她看向悬挂着紫色幕布的明亮舞台。一个蓄着小胡子的男人站在宽阔的颁奖台左边，模样很像年轻版的塔吉斯·普拉夫。颁奖台前端饰着魔法师徽章图案。他在鼓掌，掌声响亮，观众席上也掌声四起。

颁奖台对面，沿舞台摆着十一把椅子。只有一把上端坐着一个年轻男人，其他全都空着。男人身穿魔法师的白色制服，高高的立领，纽扣镀金。西奥妮折到一半的手僵住了。她看见的是魔法师塞恩，看起来年纪不比自己大多少。他走过舞台，领受魔法师勋章——这枚勋章和他悬挂在书房里的那枚一模一样。

西奥妮感到自己的脸红了。魔法师穿上这身衣服实在是太潇洒了——比起他那件糟糕的靛青色外套强得太多了。这套衣服的肩部大小正好，衣服在腰部收紧，笔直的裤缝让他看起来高了不少，至少比塔吉斯·普拉夫先生要高。西奥妮几乎快认不出塞恩了，尤其是他还剪短了头发，没了那一头天然卷。有那么短短的一瞬间，西奥妮甚至忘记了里拉。"茴香"嗅着西奥妮指间折了一半的小鸟，她坐在走道上，看着刚被任命为魔法师的塞恩和戴着手套的塔吉斯·普拉夫先生握手。

"我在他的心里。"西奥妮对"茴香"说，"我从未离开过。所以，这些都是他内心的一部分。我看到了他的心。但是……我该怎么出去呢？在这里面，我没法帮他。"

但她现在的困境还不仅仅是要拯救纸魔法师的生命。她又向后望了望，里拉没有跟来。这并没有让她觉得更安全。**如果我不逃出去，被永远困在这里我也会死的**。

颁奖台后，塔吉斯·普拉夫开始发表演讲。西奥妮强迫自己把注意力集中在小鸟上，用折术完成了头部、尾部和翅膀。为什么要折这只鸟，她不知道，但小鸟是她会折的为数不多的几样东西之一。可惜她不是铁熔魔法师，否则她会有能够一举击中目标的魔法子弹，哪怕只有一颗，也可以对付里拉。

西奥妮把小鸟塞进挎包，穿过走道跑上舞台。塞恩刚好走下颁奖台旁的楼梯。西奥妮匆匆走过陌生的观众，迎向魔法师。她必须试一试。

"魔法师塞恩！"她大声喊，可他没有回头。她跑上前想抓住他的手臂，但她的手指穿了过去。这一切只是幻象。他走到第二排坐下，和使用其他介质的魔法师们坐在一起。

西奥妮又试着去抓他——这次抓向肩膀——但还是没有用。"魔法师塞恩，你听不见我说话吗？"她在他眼前挥手，"我该怎么出去？"

年轻的纸魔法师用手撑着脸颊，好像对刚刚获得的荣誉感到了厌倦。

西奥妮跑上猩红色的走道，跑到礼堂大门口。"茴香"紧紧跟在后面。

她刚一出门，就听到了一个女人的尖叫。

叫声吓得西奥妮往后倒去。但她的后背既没有靠到门也没有撞到大礼堂的墙。她径直向后跌倒,却又并没有摔在艾尔伯特皇家大剧院的大理石地板上,而是撞上了一块旧地板,撞得背脊发麻。

"呼吸,莱塔,吸气,呼气。"在一间家具不多的房间里,一名身穿工作服的助产士正指导着一个躺在地板上的年轻女人——尖叫的就是这个女人。女人肚子隆起,嘴角抽搐,大口喘着气。她用手肘撑起上身,周围堆满了用过的毛巾。在她脚边放着一个锡盆,里面的水被鲜血染红。汗水浸湿了她额前金色的发丝。窗外,雨水击打着玻璃,一道闪电在快要燃尽的蜡烛前划过。三秒钟后,雷声摇撼着房间。断断续续的雨一滴滴敲在屋顶,淹没了远处纸魔法师的心跳声。

"塞恩!"西奥妮喊出了声。魔法师跪在怀孕女子脚前,袖子高卷到肩膀。他看起来老了一些,更接近现在的他。他皱着眉头,专心致志,双眼明亮,充满希望。

"对,就这样。"他说,"再忍耐一下。用力!"

女人放声大叫,指甲刮破了地板。

西奥妮不出声了,盯着眼前正在生小孩的女人。她是魔法师塞恩的亲戚吗?

西奥妮爬到塞恩身边,在他面前又挥了挥手,可他还是看不到她。就算此时的她不是幻象,他也看不见她,因为他的注意力全都集中在接生上。

可时间却在流逝。

"你得帮帮我！"西奥妮压过雨声大叫，"我被困在了你的心里！我该怎么出去？"

和前两次一样，他还是听不到。女人和助产士也听不到。

女人用双肘撑起身休息了片刻，大口喘息着。助产士拿了块湿布轻轻抹着她的额头。西奥妮这才发现，女人的肚子上有一条纸链，和真正的艾默里·塞恩挂在前胸的一模一样。乞求健康的魔法链。他是怎么称呼它的？活力之链。

"茴香"蹲坐在一边，呜咽着。

西奥妮蹲下来，拍拍小狗的脖子。医生呢？为什么塞恩会在这里给这个女人接生？折匠又不是助产师！西奥妮终于注意到塞恩湿透的衬衫——不是被汗水打湿的，而是雨水。雨水从他的发梢滴落。这场雷雨淹没了道路——魔法师一定是住得最近的人，是最近的救援者……而且，那名助产士看起来十分信任他。

分娩的女人大口喘着气。西奥妮看到魔法师塞恩从她腿间拖出一个小小的、满身是血的紫色婴儿，惊讶得瞪大了眼。是个男婴，光溜溜的，有一双深蓝色的眼睛。婴儿扭动着，发出一声嘹亮健康的啼哭，无力地踢着他和母亲之间仍连在一起的脐带。

塞恩大笑起来，把孩子抱在怀里。助产士快步走了过来，手里拿着剪刀和一块湿海绵。"是个男孩，托克夫人，恭喜恭喜。"

女人的脸上尽是泪水和汗水。她笑起来，伸出双手。助产士剪断脐带，打了个结，小心翼翼地把孩子抱到母亲胸前。

塞恩的肩膀往下一耷拉，双手撑坐在地板上。他看上去很疲惫，但他在笑，眼里闪烁着喜悦。西奥妮看着他，既惊讶，又好奇。

"这些都是你心里的事吗？"西奥妮开口问这个听不到她声音的人，一个除了会回放记忆什么都不会做的人，"你的快乐时光？你的善意之举？"

西奥妮从他身边退开，回到现实里——至少是她的现实里。她把手心放到胸口，感受到了心跳加速的韵律。她想知道一切，想把她所知的、和魔法师有关的一片片拼图碎片拼接起来——不过她首先得想办法出去，但这些幻想的出口又在哪里？

闪电划过，西奥妮看到了窗外里拉的身影。恐惧宛若一把冰凉的长矛，刺穿她的身体。难道，从毕业典礼开始，里拉就一直跟着自己吗？

西奥妮努力让僵硬的肌肉活动起来，和"茴香"跑向最近的门。门的铜把手已被摩挲得十分老旧，她一把抓住把手，使劲转动。

她跌跌撞撞地闯了进去，眼前刮过一股蓝黑交织的旋风。"茴香"吠叫着。旋转的色彩让西奥妮头晕目眩，一路跟跟跄跄。颜色慢慢沉淀，聚合成了一幅新幻象：魔法师塞恩坐在一间与他在伦敦远郊的书房迥然不同的办公室里。他坐在书桌边，手里拿着厚厚的一沓纸，模样和刚才帮助女子分娩的艾默里·塞恩相差不多。斜斜的夕阳和一盏煤油灯的浅光将他的轮廓映照得清晰分明。

"终于写完了。"他微微舒了一口气。这话当然不是对西奥妮说的，而是说给他自己听的。西奥妮以前也听到过塞恩自言自语，通常都是在关着的办公室里。

她从他身后望过去，那一沓纸的最上面那页上潦草地写了几个字：折术赋生术的逆向感知。这是一本书。塞恩写了一本书！还是一本厚厚的理论著作……她感到奇怪，他为什么不安排她读这本书呢？

"所有这些都是幻象。"她对他说。但她知道，魔法师只是个幻象，听不到她的声音。"它们都是你的美好经历、美好回忆、幸福时光。我在你心里最温暖的地方，对吧？"

西奥妮想起了中学生物老师库伯先生的课。就是在他的课上，她解剖了那只可怜的青蛙。那年二月十一号交的家庭作业内容清晰地印在她脑海里，宛若昨天。

"一共有四个心室。"她低声说。那本解剖书上不也是这么说的吗？"每颗心脏有四个心室。我是不是在你的第一个心室里？"

魔法师坐在椅子里，手臂抬高越过头顶，伸了个懒腰，脊背跟着"啪、啪"两声，脖子也响了三下。他站起来，拿起沉甸甸的手稿，穿墙般穿过西奥妮，向书房走去。

"是这样吗？"西奥妮追着他，大喊着。她抽出一页黄纸，用折术叠了一条鱼。折鱼的步骤比折鸟简单，而她只花了平时一半的时间就折好了。"茴香"的爪子贴着书桌，不停地嗅着，"这就是答案吗？

如果我走到你的最后一间心室，我就能找到出去的路？"

她把鱼儿塞进挎包，跟上塞恩的脚步，出了书房。

她随即发现自己站在一个长满金色小草和野花的矮坡上。这些花朵和西奥妮在塞恩书房里发现的压花一样。和煦的风拂过花朵，饱含着金银花和甜豆的芳香。这是夏天的味道。巨大而炽热的夕阳缓缓坠入西边的眠床，那里的阴影下，星星点点地散落着些许树木。在她前方的山脊上，茂密的树林像一层雍容的华盖，而华盖之上，漫天晕染着洋红色和紫罗兰色。这里是南当斯丘陵，距离伦敦一天路程。几年前，她和父亲曾去那儿远足，但这座小山她从未见过。这里真美呀，这样的地方，她应该记得才对。

眼前的景色让人移不开眼。西奥妮转过身，看到魔法师塞恩躺在一棵枝繁叶茂的李子树下。树枝上尽是绛紫色的叶子。他侧躺着，小声地和身旁的女人说着话，两人身下铺着一块蓝黄相间的毯子。

那个女人竟然是里拉。西奥妮不由得发出一声尖叫。那个里拉看起来有些不同，更年轻些。其实两人都更年轻。她的头发没现在这么长，发色也稍浅。她用一枚银色发卡把一束头发往后固定，其余的自然地披散在肩膀上。她没有穿黑色长裤，身着一条样式保守的白色通肩袖夏裙，裙摆盖着脚踝。脖子上的长项链末端坠着一个金色小盒。链子纤细得让西奥妮担心风一吹就会断掉。

和魔法师塞恩一样，里拉察觉不到她的存在。

西奥妮凝视着他们，心里有个东西冰冷刺痒。她提醒自己，这不过是另一段回忆罢了，一段在塞恩心脏第一间心室里的幸福片段。

"里拉。"西奥妮轻声念道。她走上山丘，找到一处可以清楚地看到魔法师塞恩的脸的地方。在树荫的映衬下，他的眼睛变成了浅褐色。那双眼睛啊——西奥妮在眼底深处看到了爱意，还有爱慕、欣慰、宁静。

他爱她。

"茴香"把爪子搭在西奥妮腿上，可她没有动。

魔法师塞恩……和里拉相爱？

西奥妮觉得胃里一阵翻腾，她伸手轻轻揉了揉。无论这些是不是幻象，被夹在心脏的墙壁之间太令人窒息了。她感觉糟透了，像病了一样。

西奥妮打量着魔法师，想猜出他的年龄。大概二十四或二十五岁的样子。这应该是几年前的事了。这么一想，西奥妮感觉稍微好了些。可她望着这对幸福的情侣越久，就越发难受，仿佛骨骼上的血肉正在委顿凋谢。

西奥妮摇摇头，将目光移开，揉了揉太阳穴，努力想理智起来。她需要专心，需要理智。

她长嘘了一口气。"好吧，为什么塞恩深爱的女人会想杀死他？"她大声质疑，"如果她已经拥有了塞恩的心，为什么还要去偷呢？"

她转身离开，踩在草地上的脚步声空空洞洞。她按原路返回，在野花丛中发现一个黯淡无光的铜门把。她握住把手，拉开一扇小门。

和刚才去办公室时一样，夕阳的余韵、野花还有李子树在她周围旋转，令她晕眩。好在这感觉不会持续太久。等回过神，西奥妮发现自己正凝视着塞恩的双眼。他的眼里仍旧充满了令人爱慕的神采。他穿着白色的魔法师制服，刚熨烫过，左胸别着一朵粉玫瑰。

西奥妮脸颊发烫。她眨眨眼，发现自己仍在野外，但景色有些不同。在樱桃花盛开的园子里，一条小溪流过桥下，溪岸边有一排排椅子。樱桃花白里透红的花瓣随着微风漫天飞舞，如同粉色的雪。一片片许久未修葺的草丛中，蟋蟀温柔地歌唱着。宽阔的木制拱门和椅子之间的走道上点缀着黄白两色的轻纱。拱门里站着身穿褐色长袍的塞恩和里拉。

里拉站在西奥妮眼前，身穿一条缀满珠子的白色长裙婚纱。美丽的头发上，一把镶着珍珠的金色梳子固定着短短的面纱。婚纱的袖子很短，领口边缘露出她丰满的胸部——西奥妮懊恼地注意到，比自己的要丰满得多。

一位牧师拿着一本皮质封面的书，念着上面的祷文，主持着婚礼。西奥妮的心痛苦地沉了下去。里拉曾经是他的妻子。

曾经是。原来他房间里的那本赞美诗是这么来的。

西奥妮揉了揉后颈。在交换戒指前，塞恩看她的眼神……

西奥妮听到耳朵里汩汩的脉搏声。

可是，新娘不是她，是里拉。一个更年轻的里拉，不同的里拉。

西奥妮背过身，居然有点希望看到血割者里拉——塞恩的妻子——出其不意地出现在自己身后。然而，她看到的只有开心的婚礼嘉宾，其中还有养蜂人和他的妻子。西奥妮谁都不认识。这段记忆在迅速移动——速度快得或许连里拉都无法追上，或许她根本不想在这里。西奥妮也不想。

西奥妮掐了掐自己，她需要保持警觉。魔法师休斯说过，血割者只需轻轻触碰对方的身体，就能在其身上驱动魔咒。显而易见，一旦里拉这个疯女人追上西奥妮，想毁灭她也就是一弹指的事儿。要想躲过这个疯女人的追捕，逃出心室，西奥妮就不能让对方碰到自己。

她必须找到下一间心室。

西奥妮从婚礼现场跑开，看都不愿再看一眼。"茴香"跟在她身边。婚礼上有什么东西……扰乱了她的心。粉色的樱桃花瓣随风飘落在小径上，一股微妙的、充满欲望的香气犹如蕾丝花边，点缀在空气里。耳中蟋蟀的吟唱渐渐减弱。

樱桃树越来越密集，最后成林成片，挡住了西奥妮的去路。在两棵矮小的树之间嵌着一道铁栅栏。她推开窄窄的栅栏门，继续向外跑。脚下的草地变得坚硬起来，一面摆满藏书的墙挡住去路。一条死路。

西奥妮发现自己站在一间藏书室的中央。

这间藏书室和塞恩现在那间差不多，只是窗户更多更小，还多了一张桌子。桌边站着艾默里·塞恩，比结婚的那个年轻很多。他深色的头发剪得很短，白衬衫的袖口卷到手肘处。

桌上整齐有序地堆满一摞摞白纸，厚薄不一，有些已经泛黄。地板上是一小堆叠了一半又揉掉的废纸。旁边放着一个裁缝用的人偶状针插，上面用图钉钉满了纸，纸页要么卷曲着要么已经折过，围着人偶躯干折出根根肋骨，看起来像个鸟笼。沿着人偶肩膀和脊背折出肩胛骨和脊椎。西奥妮猜这是犟头的骨架——他的雏形，至少是雏形的一部分。

"这是你要的纸板。"走廊里响起一个陌生的声音，"邮递员刚刚送来的。"

西奥妮的目光从塞恩和他的骷髅身上转向那个走进藏书室的男人。他抬着两个装满纸张的大纸板箱，看起来非常沉。西奥妮怀疑自己可能连一个都搬不动。

可和男人巨大的手比起来，纸板箱倒显得不那么大了。男人的脸长得有点孩子气，看起来只比西奥妮年长几岁。他至少有六点五英尺高，身材壮硕，西奥妮觉得他有三个自己那么宽。男人的特点可以用一个字来简单形容：大。肩膀大，肚子大，手大。每条腿都像盛宴上的火腿。

"好极了，朗斯顿。"塞恩回答道，从手上的活儿里抬起头，瞥了一眼。西奥妮看不出他在做什么。单从那东西的弧度看，像一弯新月。巧的是，塞恩的下一句话回答了她心里的疑问："在这件折艺上，我想把厚和薄融合在一起——关节和下巴要厚，但两者间要薄。这办法或许行得通。"

"或许吧。"朗斯顿慢吞吞地说，带着点口音。西奥妮怀疑他不是在英格兰长大的。"我敢说你很快就会找到方法，魔法师塞恩。我阿妈常说，'该死'①这词儿通常出自那些只差一根木棍就能建好大坝但却放弃了的海狸之口。"

"你母亲说过很多话。"塞恩说，"来，看看你能不能复制一个髋关节？"

西奥妮诧异地看着朗斯顿拉过一把椅子，坐到塞恩对面。和他比起来，椅子显得很小。桌上几乎找不到地方放下他粗壮的手肘。

"他也是你的学徒吗？"西奥妮开口问，倒没期望得到塞恩的回答。根据塞恩的年龄判断，朗斯顿应该是他的第一个学徒……或许他就是那"半个"。如果塞恩开除了像朗斯顿这样的学徒，她完全能够理解。这双怪物般巨大的手无法达到中、高级折术微小而且复杂的精细要求。

然而西奥妮却被朗斯顿接下来的动作惊呆了。只见他拿起犟头的右髋关节，轻柔地翻转着，仔细研究内部结构。然后他放下关节，

---

① 此处作者一语双关。英文单词"damn"和"dam"发音相同，"damn"是"该死"，"dam"是"大坝"。

拿出一张中等厚度的羊皮纸,一边舔舐着嘴唇一边仔细叠起左髋关节最细小精密的部分。

"太不可思议了。"西奥妮看着他们的动作说,"要是我现在身边有个像他这样强壮灵活的人,那该多好啊。"

她继续自言自语道:"其实,这时候不管他俩谁在我身边,都好啊。"

"茴香"用爪子挠了挠她的腿,西奥妮心不在焉地弯下腰拍拍它的头。

照现在的情形看,朗斯顿显然已经是一名合格的折匠了。不知他当了多久学徒? 刚到魔法师塞恩家时开不开心? 他和老师见面时是否注意了礼节? 他是否怀着感激之情,就像她本该有的那样?

"我们得走了。"西奥妮对"茴香"说,从沉思中抽离出来。她最后飞快地看了一眼犟头,还有塞恩,匆匆走过藏书室没有上漆的地板,用肩膀撞开已经锈了一半的锁……

西奥妮发现自己正踉踉跄跄地走在一块厚厚的米棕色地毯上。太阳已经消失,成百上千盏电灯悬挂在两个用金色瓷砖铺成的神龛之间,在玻璃魔法师的咒语下发出七彩光芒。轻柔的器乐合奏声传进西奥妮的耳朵,还有酒杯撞击的脆响和琐碎的聊天声。

西奥妮停住脚步,观察着新环境。"茴香"又往前冲了几步,像在雪地里刹车一样停了下来。

西奥妮认出了这个地方。这是位于思罗格莫顿大道的德艾普尔餐厅，她曾在这儿做过服务生。就算这里不是全英格兰最棒的，也是伦敦城最棒，至少也是西奥妮见过的最棒的餐厅。

她站在阳台上，两端各有一个金箔包裹的大柱子，柱头上有三层雕刻。天花板上画着花朵簇拥的天使。她用手拂过金箔包裹的栏杆。尽管这些只是幻象，也有点像梦境，但这一次，感觉很真切。

她望向一楼。铺着白布的圆桌摆放整齐，一身黑的男女服务生端着银色的托盘和水罐，穿梭在大厅和东北角的厨房之间。西南角上，一个四人弦乐队正演奏着舒缓动听的乐曲。西奥妮认出了这一切，她的记忆比此时的幻象还要清晰。她以前也穿过同样的黑制服和褶边围裙。

不仅如此……她还在这次宴会上工作过。

她从栏杆上收回手，环顾阳台。桌子很小，每张最多可坐四个人，都沿着墙摆放。这里的桌子只坐满了四分之一。西奥妮开始快步寻找塞恩。如果是他的心把她扔进了这里，那么他应该就在附近。

她想得没错。她看到了塞恩，看起来和现在她熟识的那个塞恩没有区别，只是没穿靛青色的外套。他和一个秃顶男人坐在一张很小的方桌旁边，西奥妮从未见过那个人。

塞恩身子前倾，手撑着下巴，和他在魔法师授衔仪式上的姿势一模一样，看上去备感无聊。他的晚餐同伴、那个秃顶男人却丝毫没有注意到，正在不停地闲扯，时不时挥挥手里的黄油刀或点点头。

"她坚持说凡是女士都应该有丝巾，还说玛丽·拜尔有三条不同颜色的。当然啰，我只好给她钱花。"陌生的秃头男人说。他只在喝桑葚红酒的间隙停止说话。如果西奥妮没记错的话，那种酒的年头很久，十分昂贵。是的，她记得清清楚楚，在这张桌上，上过这瓶酒。"五月她有个宴会，我当然不能让她没有缎面围巾。这些事她妈妈懂行，可她去了克拉夫顿。为了能紧跟女士们的时尚，只好由我来下这番功夫了。"

塞恩用中指敲了敲盘边，盘里的晚餐只吃了一半。他已经喝光了杯子里的酒，但餐厅服务员没一个过来添酒的。他的眼睛蒙上了一层呆滞——不是酒精的缘故，而是因为沉闷。这个秃头男人难道看不出来吗？

"你怎么想，艾默里？"

塞恩眨巴着眼睛，西奥妮看到他黯淡的眼睛又亮了起来。"哦，是的，脖子，当然，要想好好露在外面可不容易。最要不得的，当然是遮住了脖子，又和周围不搭调。你当然不能让你的小女儿在宴会上没别的姑娘时髦。"

听了这回答，西奥妮笑起来。谁知秃头男人却频频点头，"说得太对了。总之，这样她就不会显得不时尚了。"

西奥妮笑出了声。塞恩和那个男人说的是一码事吗？

塞恩的目光飘向舞厅。西奥妮站到他身边，跟随他的目光望去。她猜他是在看北墙那边的落地式大摆钟，希望能早点脱身。

脱身……

西奥妮绕过塞恩，从阳台上探出身体，寻找里拉。如果她能先发现里拉，也许能提前想出对付她的好办法。可惜，她只看到下面有个金色发辫的女孩正在上菜。居然是她自己！

虽然她想不起当时塞恩也在，但她记得这个夜晚。她应该记得他的脸才对。今晚是某个学校的筹资晚宴——她在一楼上菜，而不是阳台。日期是 1901 年 7 月 29 日。刚好是她到塔吉斯·普拉夫上学的前一周。

也刚好是她在这儿上班的最后一天。

她眯起眼，看到自己在不停地给客人加酒。她那身裙子难看死了，暴露了她所有的缺点。谢天谢地，那时候塞恩还不认识她。这么一想，她突然觉得耳朵发烫。

她认出了那个坐在她负责的一张桌子边的客人。近乎中年，灰色的头发，发际线后退得厉害，嘴角两边蓄着长长的灰色胡须。为了展示缝制精良的西装，他的宽肩夸张地耸着。那身西装倒算得上晚宴里最好的，缝了三颗纯金纽扣，还有一条红色褶皱的宽腰带。噢，是的，她记得他。他和他的朋友们，谈论着她成长的米尔贫民区，仅仅因为是个贫民窟，就对那儿的教育和莫须有的召妓胡说八道。西奥妮尤其记得这个夜晚。她厌恶这个男人，一直努力压着怒火，直到……

她屏住呼吸，默默看着，等待那一刻到来。

等待……

就是这一刻。西奥妮看见自己——更年轻的她——走过去为那男人添酒。他没戴手套的手直接伸进了她的裙子。她至今记得那只汗津津的手贴住大腿的一刹那。

更年轻的西奥妮往后一跳，满脸怒容，把剩下的昂贵的红酒朝着他的腿倾倒下去。那人尖叫着跳起来，撞倒了身后的椅子，砸在大理石地板上。椅子倒地的声响和男人的咒骂在整个餐厅里回荡。

在西奥妮身边的塞恩放声大笑。

这让她吃了一惊！她望向他，猜测他为什么会笑，忽然意识到他也全都看到了。他看见了自己把半扎红酒倒在整晚衣着最贵的男人身上，让他当着所有人丢尽了脸面。

塞恩笑了。

"你怎么了？"坐在塞恩对面的秃顶男人问道。他一点也没注意到发生了什么。

"有个女服务生刚把红酒倒在西纳德·穆勒的腿上。"他笑得停不下来，拿起灰绿色的餐巾擦着眼角。

西奥妮脸色变得苍白。他说那人就是……西纳德·穆勒？

她一切都明白了。时间似乎停滞了。西纳德·穆勒。**穆勒奖学金**。那个西奥妮曾被选中却又在最后时刻失去的奖学金，砸碎了她成为魔法师的梦想。一旦失去奖学金——她就只能靠做保姆挣点烹饪学校的学费，勉强凑合当个厨师。原来如此。

西奥妮盯着那个年轻的自己，看见她怒气冲冲跑进厨房——在那里，她立刻被解雇了。而在外面，西纳德·穆勒仍在高声叫骂。他的两个同事冲过来，拿着餐巾，徒劳地想替他擦拭。

她离开栏杆后退一步，身体放松下来。

这就是西奥妮错失奖学金的真正原因。她把红酒不偏不倚地倒在了那个给她奖学金的人身上。

"他活该。"

西奥妮转过身，看见第二个魔法师塞恩重叠地坐在塞恩上，穿着他那件靛青色的长外套，双手交叉抱在胸前。

西奥妮把两个塞恩看了又看，他们几乎一模一样。于是她目瞪口呆地喊道："塞恩？"

但第二个塞恩并没有看她，而是专注地看着下面展开的回忆。这个他和刚才的他一样看不到西奥妮。然而，等他一开口，却又好像是在说给她听。

"西纳德·穆勒是个躲在光鲜外表下的恶棍。"他说，"从他的咆哮就能听出来，还有他说话的样子，他看女人的眼神——有时候甚至看的是年轻男人。他把钱囤起来，当着众人的面捐给最理想的目标，让半个国家的人都见识他的'慷慨'。他把学校董事会玩弄于股掌之间。而且，我相信他在毕业考试上也作了弊。他的橡胶法力和轮胎推销员的差不多。"

西奥妮攥紧了挎包带，感到"茴香"正围着她的脚打转，心想：他看见我了。

"我发现你是谁了。"塞恩说。西奥妮不清楚这是对她的回应还是他的自言自语。"他撤销了你的奖学金，所以我插手了。"他对她轻声一笑，用拇指刮刮下巴，"我想看看，当那个他所谓的'粗野、暴躁的女孩'跳着华尔兹到塔吉斯·普拉夫学校上学，把他的虚伪和臭钱扔回他衣服口袋里时，他脸上会是什么表情。"

西奥妮的目光扫过一楼，看见西纳德·穆勒已经离开了。"你给我钱就是为了泄愤？"她问道，"花一万五千英镑，就是为了报复一个你不喜欢的人……我这么说倒不是因为我不懂感激。你根本不明白，这笔钱对我有多重要……"

她再回过头时，第二个塞恩已经不见了。她从栏杆边跑过来，四处寻找他，但他却像多云之夜的月亮一般，消失得无影无踪。她只想向他表明，不管她得到那笔钱的理由是什么，对她来说奖学金真的很重要。写给塞恩的感谢信根本不足以表达她的谢意。这也是她不能任由他死去的另一个原因。

西奥妮看着大厅，看见了正在搜寻自己的里拉，就站在乐队附近。她正轻轻晃动着掌心里的一小捧鲜血。难道她要准备施咒了？

西奥妮后退一步，躲开里拉的视线，把手伸进挎包里，默数着里面为数不多的法宝。至少，她还有魔法。可面对一个经验丰富的血割者，纸折的动物又有何用？在战斗中，折术毫无意义！"我得想办法出去。"她低声自语，抓住"茴香"的前腿抱起它，"我必须想办法出去。塞恩，你在哪里？"

可他没有回答。刚才不管他用了什么办法和她对话，现在都消失了。

西奥妮干咽了一下，紧紧抱住"茴香"，匆匆转向阳台。她又能藏到哪里？仅仅凭借一摞纸，她又有多大的威力？她不想成为一名折匠是有原因的。

我必须出去！她的心在尖叫。

她在阳台尽头放慢脚步，然后停了下来。在她面前，出现了一扇不属于餐厅的门——门是白色的，边框猩红，既没有球形门柄也没有把手。她转过头，看见阳台楼梯上现出里拉的头。

西奥妮推开门走进去。

门在她身后消失了。眼前的景象让她目瞪口呆。她咬住嘴唇，忍住一声尖叫。她返回了塞恩活生生的心室，一脚踏入了脚边汨汨流淌的鲜血之河。塞恩响亮的心跳声在心室四壁回荡：怦——怦——怦。

西奥妮尽量让自己镇定下来，死死攥紧拳头，沿着河流的走向前进。河里的鲜血越涨越高，没过了她的膝盖，越来越深。她蹚着血往前走，咬紧牙关，尽量不去想如果被完全淹没了会怎样。

她看见了另一扇门，一扇由肉体和鲜血造就的门，和房间的其余部分一同搏动着。门上没有小窗，也没有手柄和锁，连门轴都没有。只是紧贴在一块肉上的另一块肉，就像一道长条形的、肿胀的、永远不会愈合的伤口。

西奥妮知道，无论如何，她都要从那里穿过去。

里拉的声音在她头顶轻轻飘荡，毫无疑问是用了咒语，因为在哪里都看不到她。西奥妮希望里拉是被困在哪个幻想里出不来了。"倒不是我不喜欢你被困住，亲爱的。"里拉的声音说，"我只是不想让你在这里乱窜。让我们把这事了结了，好吗？做得干净利落。或许我会让你留个全尸，或者留成两半。"

尽管心室里潮湿闷热，西奥妮的手臂还是起了一层鸡皮疙瘩。她捏紧挎包带，强迫自己吸气，让空气流进肺部，可心脏的每次鼓动总是打乱她呼吸的节奏。她敌不过里拉，时机未到。她最好的选择就是一直往前走——找到塞恩心脏的尽头，幸运的话，在那里找到出口。

"'茴香'，我要你把自己叠起来。"她对小狗说道，声音低得几乎听不到，"把自己叠起来，装进我的挎包，那里安全。只需要进去一小会儿。"

小狗把头扭向一边。

"快啊。"她说。小狗把脑袋和腿弯到身体中间。西奥妮把"茴香"夹在手掌间，温柔地压着它身体两侧，把它折成一个厚厚的、不对称的五边形。她小心翼翼地把小狗塞进挎包里的纸页之间。

西奥妮深深吸了一口气，然后屏住呼吸，将自己挤进艾默里·塞恩的心室墙壁，穿过那堵血肉之墙，挤向第二间心室。

第九章

魔法师塞恩心室的墙壁从四面八方挤压着西奥妮，发出"怦、怦、怦"的脉动。周围的光线都在逐渐消失。它们挤压着她，越来越紧。她好像被一辆马车压在了下面，车轮几乎快将她碾碎，而且越来越多的乘客还在不断上车。她感觉就像溺水了一样。

肾上腺素在西奥妮体内汹涌奔腾，她肌肉紧绷，无法呼吸。墙壁渗出的热气穿透衣服浸入肌肤，让她感到太过温暖，太过灼热。都以为如果一颗心离开宿主太久，会逐渐冷却，可艾默里·塞恩的心脏不是这样。他的心脏推翻了西奥妮十九年来所有对人体的认知。如果找不到出去的路，她就见不到她的第二十个年头了。

一滴眼泪迸出紧紧闭着的眼睑。她抓着墙壁，想挖出一条路。

为了能呼吸，她大口喘气，可没什么用。她尝到了粘在嘴唇的血——不是她的。她一寸寸地向前移，把压向她的血肉挤到两边。她的头开始突突作痛，视线变得模糊……

一股鲜血从血河中喷涌而出，打在她后腰上，将她冲出瓣膜。她的手摸到了一片空旷。西奥妮在心肌上站稳脚跟，猛地发力，把自己推进了塞恩的第二间心室。她大口呼吸却被呛住，赶紧吐出了噎在口中的血。

她咬紧牙关，狠狠吸进几大口闷热的空气，努力让自己不要颤抖，镇定下来。她尽量忍住抽泣。结束了，结束了，她对自己说。她感到这么暗示自己似乎有点儿作用。这是我自己的选择。我能做到。

我必须做到。

忽然，她听到身后的瓣膜传来抽吸的声音，好像喘不过气似的。

她回过头，看到那条把她推出瓣膜、推进心室的血河在她身后不断流淌，蓄满了心室周围的凹槽，像洪水一样……

"不，不。"西奥妮大叫着跳起来。她的衣服被尽是鲜血的瓣膜弄得湿腻腻的，紧贴在她汗湿的皮肤上。"别流了，别流了。求求你，别流了。"

可是鲜血——河水一样的鲜血——不断地涌出瓣膜，填满沟渠，一点点涌向西奥妮的双脚。

西奥妮一步步退到心室正中，那里地势最高。第一波鲜血涌到了她的鞋边。

她皮肤发凉，嘴唇麻木。"塞恩！"她大喊起来，将挎包紧紧抱在胸前，"让我出去！"

她又退后一步，鲜血已漫到脚踝。照这样的速度，要不了几分钟，整个心室就会被血液注满。西奥妮不会游泳。她无路可逃。

她真的要被淹死了。

"塞恩！"她尖叫着，全身战栗。就连她的呼喊声也在颤抖。

怎样都行，但绝不能淹死。

血液还在奔涌，心脏跳动的巨响震耳欲聋。她闭紧了眼睛，放开挎包，双手捂住耳朵。够了！

"不要再流了，不要，不要……"

脚边拍打的血液还没淹过脚背就退了下去，留下一摊黏黏糊糊的玩意儿。西奥妮咬着牙齿睁开眼睛，眼前是一排排熟悉的书架，空中射下的一束光亮中飞舞着尘埃。她长长地舒了口气，在心里默默地感谢上苍，感谢纸魔法师。

无数幻象在她身边摇曳闪烁：塞恩身穿灰色外套而不是那件靛青色的，坐在地板上练习折术；一个西奥妮不认识的金发男人坐在书桌前学习；另一个身穿红色衣服的塞恩正用拇指拂过一本本书。人物的幻象有时闪现半秒，有时会闪现整整一秒，然后才消散。有人，或者说有什么东西将西奥妮推出了血液漫涌的心室，把她困在了这里。但塞恩的心似乎还没打定主意到底要向她展示哪些幻象。

她回头望去，刚才穿行而过的、挤压自己的瓣膜已经不在身后跳动。取而代之的是一个很高的书架，放满了书。这里应该是塞恩的书房。西奥妮注意到，从书架起点到末端，整面墙的书都是按照颜色分类的。她惊讶极了，目瞪口呆地望着书架。在门左边的架子上，左起开始是红色的书，暗红至浅红色，接着是一套橘红色的书，黄褐色的、黄色的，最后是白色。右边的架子上，颜色逐渐改变，从绿色、蓝色、紫罗兰色、灰色，最后变成黑色。充满美感，却又古怪荒唐。塞恩现在的藏书室可不是这样。难道这是他以前的，或者将来的？

尽管刚刚才从两个心室间挣扎逃出，还有些步履踉跄，但西奥妮还是决定尽快行动。她花了点时间把"茴香"打开，对小狗施以赋生魔法。然后，她开始在那些书里寻找一旦被里拉追上，能帮助自己与之对抗的书，能保护她的书。即便是一本杂乱无章深奥难懂的大部头，也比什么都没有强。

她的食指拂过一本又一本：《鳄鱼的交配习性》《生机勃勃的纸术花园》，还有《弗兰肯斯坦》。

"啊，这本。"她说着，手指停在一本短小的浅黄褐色书脊上。宛如光谱的变化一般，封面过度到了黄色系：《链锁魔咒基础》。书拿在手里感觉很厚重，让她舒了一口气。也许，在一颗心里，知识要比记忆或思想更加靠得住。西奥妮想起塞恩书房里挂着纸链的那扇窗，显而易见，他对这种咒语十分熟悉。

她打开《链锁魔咒基础》，翻到目录，不远处传来"怦、怦、怦"的跳动声,提醒着她要快些、再快些。西奥妮担心里拉会不会已经从塞恩的心脏里穿了出去,把他的心抛进了海里。

塞恩的时间正在飞快地流逝。

跳过目录,西奥妮开始浏览绘有黑白图示的书页。这些图介绍了从简单到复杂的所有链咒。她不停地翻看着,中间还看到了塞恩在分娩的女子和他自己身上使用过的活力之链。

西奥妮刚读到一半,"盾链咒"这个词冒了出来。她仔细阅读起来。

三折盾链咒是防御性纸链中最基本的咒语。链子的宽度不是关键,关键在于长度,必须能围绕咒法要保护的目标。

折叠一个链环,需要取用一张标准的"8×11"纸页,将其顺长边方向裁开,如图 1 所示……

西奥妮扫过图示和注解,翻到下一页,继续往下看,强记于心。她放下书,从挎包里抽出所有的纸,找到和图示上一样的那张。

她开始施法折叠,手不算太稳,但比起折塞恩那颗无可救药的心脏时强得多。她乞求那颗纸心仍在跳动。如果他死了的话……

西奥妮不愿再往下想了。

她对齐纸页边缘,压平。在她身后,闪过另一个塞恩的幻象。这个塞恩手里拿着剪贴板,身上穿着那件靛青色外套。他手里施展着不同的折术魔法,一闪即逝,声音响亮而短暂。西奥妮没听清他说了什么,似乎叫了声她的名字。

紧接着，在塞恩的幻象消失前，她看见了自己身穿学徒衣的幻影，同样一闪即逝。

西奥妮集中精力折叠纸链。"你是不是想教我？"问完后她开始折叠第二环，因为已经有些熟练，这次折起来稍微快了些。她现在已经习惯了折术带来的微微的刺麻感。"如果你想教我，我一定用心听。"

西奥妮倾听着远处塞恩持续不断的心跳声，手指在纸页上飞舞，指甲轻压折痕，稳固折咒。纸链慢慢加长，她把纸链斜挂在胸前，又抽出一页纸，折叠塞恩几天前教她的另一件法宝——魔法纸扇。

"**做得好的话，扇出的风能令风暴都自愧不如。**"她想起塞恩的话。她得试一试这个魔法的威力，但愿魔法师当时没有夸张。

西奥妮刚折好纸扇，她小小的避难所藏书室就开始摇晃、坍塌。幻境随时会改变。

她把还没有测试过的纸扇塞进挎包，跑向藏书室的门。"茴香"在她身后快步跟上。

西奥妮穿过门，第二次跨入那个掌声雷动的地方。

艾尔伯特皇家大剧院。她认出了大厅和夸张绚烂的枝形吊灯。迎面射来一束刺眼的追光，她用手挡住眼睛。和上次不一样的是，这次她没有站在走道上，而是在舞台中央。

面对这么多人，"茴香"又叫又跳。西奥妮感到一阵头晕目眩。

强烈的光束令她看不清周围。脚下是刷着浅色漆的木地板，左边是站在颁奖台后的塔吉斯·普拉夫,年龄比之前老些。她低下头,发现自己身穿魔法师制服,熨烫妥帖。白色织料十分合身,胜过她穿过的任何衣物。她还发现,自己没有穿裙子,而是穿着宽松长裤。所有女性魔法师的制服不都是配裙子吗?

"西奥妮·特维尔。"传来塔吉斯·普拉夫的声音,观众席上掌声雷动。西奥妮看到塞恩坐在前排,也穿着魔法师制服。他看着她,脸上带着微笑,眼里充满自豪。她贪婪地享受着这一刻,把它深深藏进记忆里。

塔吉斯·普拉夫朝她招手。"茴香"小跑着跳上了证书颁发台,而西奥妮则犹犹豫豫地跟了上去。她伸手握向魔法师的手掌。

突然,掌声消失了,追光灯也熄灭了。身上梦想的白色制服不见了,她仍穿着被汗水浸湿的衣裙。温度降了下来,塔吉斯·普拉夫也消失了,西奥妮眼前出现了一条长长的石廊。

她眨了眨眼,发现自己是在监狱里。

西奥妮倒吸一口凉气。想不到在塞恩的心中,还有这样一个阴暗的地方。她站在走廊尽头,看着两边的铁栅栏门。门很宽,因为魔法而闪着光。西奥妮从来没有去过任何一所监狱,只在书里读到过。但就像书里描述的那样,这座监狱牢门紧锁,灰色的走廊坚不可摧,阳光从每间牢房狭小的窗户透进来,撒下细细的光斑。窗户窄得就算连蹒跚学步的婴儿的手都伸不过去。

西奥妮弹了个响指,叫"茴香"跟上。她被吓坏了,声音卡在喉咙里、被禁锢在身体中,一个音节都发不出来。她迈出一步,这里的通道逼仄潮湿,令人窒息,让小腿边摆动的裙裾都带着一丝寒气。但愿不会再有第二个这样的地方,光想想就让她起了一层鸡皮疙瘩,而面前的监狱更令她战栗不已。

拐角处走来一名狱警,深棕色的皮肤,长着小胡子,脖子粗壮得好像皮肤下面布满了钢筋。他后腰的一侧别着手枪,另一边挂着大棍,脸上的表情像在警告你:别在他值班的时候闹事,更别想着逃跑。一看到他,西奥妮就僵住了。但她很快意识到,和其他幻象一样,这人看不到她。为了确定,在他经过时,她伸出一只手在他面前挥了挥。在这个幻境里,没有她的角色。

"起来吃早饭!"狱警大声喊道,解下腰上的棍棒,一路敲着牢门的栅栏,拉开门上的一道小口,大小刚好可以塞进一盘饭菜。"不起来就没饭吃,随便你们!"

被敲击的铁栏杆发出巨响。西奥妮皱起眉头,壮着胆子向牢房里看去,却被吓得后退了一步,肩膀撞到身后的石墙上。

里拉。

牢房里躺着里拉,长长的头发蓬乱地披散着,身上胡乱套着一件棕色囚服,目光低垂。她在狱警敲击大棒之前就坐了起来,但这并没有让敲击声稍微停歇。

里拉被关了起来。这要是真的该多好。

西奥妮踮起脚尖,走过里拉的牢房,看向隔壁。她看到一个骨瘦如柴的男人，深色的皮肤，脸上一条刀疤划过鼻梁。她不认识这个人，但再往隔壁的那间牢房里的脸，那肥厚的下巴、那对小眼睛还有布满皱纹的额头，让她忽然想起两年前在邮局看到的一张通缉令：

缉拿

格拉斯·寇伯特

破坏国家罪

牢房边的西奥妮往后退去。她还记得通缉令的内容，记得上面那些令她头皮发麻的话。血割术。格拉斯·寇伯特是个血割者。西奥妮记得当时大家都在谈论，说他是整个欧洲最危险的血割者。

西奥妮盯着这个危险的人，吓得再一次靠在冰冷的狱墙上，狱警经过时也一动不动。她观察着，发现他比通缉令上的画像瘦了很多。身上不再有肌肉。他看起来变得……驯服听话了。

"这是你的心愿吧？"她小声说道。又一名强壮的狱警推着餐车走过监狱走廊。"这些都是你的心愿，对吧，塞恩？你希望我继续学习纸魔法，成为像你那样的魔法师。你还希望能一直追踪血割者，最终将他们绳之以法，彻底铲除。"

"只可惜，这些愿望永远都不会实现了。"一个甜腻的声音从身后传来。

西奥妮转过身。里拉——真正的里拉——站在走廊尽头，身穿黑衣，手里拿着锋利的匕首。她左肩挂着一个看起来很沉的皮口袋。西奥妮感到身边的监狱开始模糊起来。里拉的出现让塞恩的心跳漏了一拍，跳动得越发困难，就像一个沉睡的人忽然被叫醒时一样。

西奥妮后背僵硬，退后一步想放声大喊，叫来强壮的狱警——可狱警消失了。两个狱警都不见了，身边的牢房里空空荡荡，监狱在融化旋转，只剩下西奥妮、"茴香"和里拉。

"茴香"大声吠着，纸做的嘴不停震颤。

"你究竟想干什么？"西奥妮问，声音和身体一起颤抖。她摸了摸盾链，将颤抖的手伸进挎包。

"我吗？"里拉往前跨出一大步，又一大步。每走一步，肩上的袋子就跟着轻轻摇晃一下。"我想要艾默里的婊子都死掉。我不喜欢分享。"

"我不是……他的婊子。"西奥妮说着，向前走去，一步、两步、三步。她咬紧牙关勉强站稳。她知道，到这里来就是要面对里拉。西奥妮宁愿对战也不愿意像一只蟑螂一样，被对方逼到墙角再一脚踩死。

面对西奥妮的倔强，里拉挑起一边眉头。西奥妮想，也许她被自己镇住了，或者想再要要她。塞恩的妻子——但愿已是前妻——不像塞恩那样容易表露感情。

"我不管你究竟是什么货色。"里拉说，话音里带着讥讽，"但艾默里的心是属于我的——从来都是我的，亲爱的。即便他蔑视我的信仰……"她抬起手握成拳,指甲很长,"他的心对我仍有些价值。一颗懂得去爱的心比一颗不懂爱的心强壮得多。你明白吗?"

里拉向前一步,深色的眼睛看向西奥妮,"你会是一个不错的宠物。你懂爱吗?恨呢?我很想知道你的心究竟有多强壮。我们何不打开来看看呢?"

"不!"西奥妮大喊一声,手在包里摸索到一件折好的东西。与此同时,里拉扔下肩上的皮口袋,念出一声咒语。口袋里伸出六只血淋淋的手,手臂在手腕处被齐齐斩断,指头苍白发紫,指甲开裂。它们张着无形的翅膀飞在半空中,僵硬发臭的手指扭动着,向西奥妮抓来。

里拉双手向前猛地一甩,她的那些断手军队就像一群飞舞的黄蜂,向西奥妮扑来。

西奥妮向她抛出自己的魔法,大叫道:"呼吸!"

原来叠好的黄色小鱼和白色小鸟活了过来,鱼儿空中摆尾,好像在水中游动。鸟儿扇动着坚硬的翅膀,径直向最恐怖的一只手俯冲过去。

可里拉有六只手,西奥妮只有两个魔咒动物——还是纸叠的。两只手抓住脆弱的鱼和鸟,撕碎扔到地上,其余的四只手向西奥妮飞过来。

"塞恩!"西奥妮尖叫起来,转身向走廊另一端跑去。她跑到门口拉住门把,可是门却卡住不动。上了锁。

西奥妮屏住呼吸，手伸进挎包里翻找。无论什么都行。她摸到一页页纸张，然后摸到了一样刚折的东西——纸扇。她飞快转过身，举起扇子。

冲在最前面的手掐住了她的喉咙，与此同时，她把扇子在胸前一扇。

扇子发出的风灌满走廊，吹飞了即将抓住她的另外三只手，将那些断手吹得连连倒退，在半空打转儿。

但风力无法触及掐在西奥妮脖子上的手。那只手越收越紧，切断了她的呼吸。她噎住了，但还坚持扇着纸扇。

更多的飓风把那些手往后吹，同时将地上的鸟和鱼吹到空中。断手和翻滚的纸张，顺着风朝里拉飞旋而去。一只手击落了她手里的刀。第二阵风将她掀翻在地，第三阵风把她刮得猛地滑过石地，撞到墙上。

塞恩这颗破碎的心里的监狱开始融化。西奥妮跪倒在地，满脸通红，想掰开掐进她脖颈里的手。她大口喘着，却吸不到一丝空气。她的脸开始发烫，眼睛鼓出眼眶。她奋力掰开一个指头，又一个……

"茴香"扑到那只手上，一口咬住拇指，纸做的下颚用力一拧，把整只断手从西奥妮脖子上扯开。一股夹杂着铁锈味和腐臭的热风冲进西奥妮的咽喉。她吃力地呛咳着，干呕着，看着血淋淋的断手在逐渐消失的走廊石地上翻滚。

西奥妮摇摇晃晃地走过去，朝那只手猛踩了两下，直到它不再动弹为止。然后为了安全起见，她又跺了两脚。

西奥妮弯下腰，大口吸气，"'茴香'，干得不错！不错！"

她抓紧绕过前胸和肩膀的纸链——盾链，完全不起作用。她还是太过自信，搞错了魔咒。

好在里拉逃走了，至少现在不见了。随着血割者的消失，西奥妮脖颈上的疼痛也消退了。里拉在西奥妮用枪那次胜出一筹，这一回合却是西奥妮赢了。尽管很悬，但毕竟是赢了。塞恩应该为她骄傲。

西奥妮身后出现了一扇厚重的门，她靠上去，门开了。"茴香"疯狂摇动着纸尾巴跑进去，脚边开满了色彩斑斓的野花。监狱灰暗的色调变亮了，一股夏日的暖风吹乱了西奥妮的头发。

西奥妮把扇子——超凡的、无与伦比的扇子塞进挎包，揉了揉后颈，再一次停住了脚。

出现在她身边的是第一个心室的景象，野花开满山头，夕阳下茂密的树林无边无际。在她面前，一棵粗壮的李子树伸向天空。树下躺着塞恩，西奥妮认识的那个塞恩，并不比现在的他年轻，他身旁的女人也不是里拉。

西奥妮闭了一会儿眼睛，深深吸了口金银花甜蜜的芳香和泥土的气息。她大口呼吸着，让自己的心宁静下来。脖子上还能感到那只冰冷的断手，她揉了揉，然后再睁开眼，一边欣赏美妙的景色，一边走向李子树。

随着一步步走近，西奥妮感到自己的心在抽搐。她害怕命运作弄，害怕那个女人又会是里拉。她知道可能性不大，可她越是想看清塞恩身边的女人，眼前的景象就越发变得模糊一片。

西奥妮在毯子边上站定。这个女人……她还不能算是一个女人，真的。她没有脸，面容才刚刚开始成形，头发也尚未显出颜色和长度。身上的曲线倒是能分辨她的性别，但还看不出体重、身高和体型。这一切，再加上塞恩的目光——欣赏夕阳的祥和眼神，以及他眼里的神采——这个"女人"更像是出自他的想象。

又一阵微风挠痒痒似地抚弄着西奥妮的裙边，将片片松散的花瓣吹过她眼前。西奥妮明白了，*她是塞恩内心的期望*。

她观察着他，他的宁静，他的满足，他眼中闪烁的生命之光。她仔细研究着塞恩身边那个影子女人，从头到脚。*他还想再爱一次*。

她知道他根本看不到自己，但西奥妮还是在塞恩面前试着挥了挥手，希望他会眨眨眼，或者对她抬起头来。她想要这双眼睛注意到她，就像它们看着李子树下虚无缥缈的里拉一样。她需要他。她需要塞恩的帮助逃离他的心脏，如果她逃不出去，那她永远都救不了他。让这样充满生命力的目光消失，对她和对这个世界都是损失。

如果艾默里·塞恩死了，那就得有别的人，曾经梦想选择金属施展魔法的人，会被毫无必要地安排来学习纸魔法。西奥妮不愿让这样的命运再落到别的任何人身上。

她食指不停地绕着蓬乱的发辫。希望。她想知道自己的希望现在会是什么样。

她踩上毯子边儿，摩挲着脖子上被掐过的地方。那儿肯定青了，好在没伤得更严重。没什么应付不了的，我还遇到过更糟的。

和煦的微风卷起一枝盛开的蒲公英，把种子吹散到李子树深色的树叶中，在她肩头打着转儿。刮过的风让她感到头发黏黏的，身上的衣服也变得干硬，这是在心室间穿越瓣膜的结果。

为了给自己鼓劲儿，她深吸一口气，提起纸链，从头上取下来，仔细研究。尽管她知道身边的塞恩并不是真实的塞恩，但仍旧觉得，有他在身边会安全点。哪怕是一丁点儿安全，和一个随时会出现的血割者共处于同一颗心脏里的那种安全……

西奥妮迅速看了看周围，没有发现里拉的踪迹。她转回头，把注意力集中在手里的链子上。西奥妮拿着纸链，一环一环地仔细研究，终于发现其中一环比其他环宽——这可能就是出错的地方了。她从包里取出半张纸，重新折叠。

远处传来笑声，暖暖的。不是里拉。是一个小孩的笑声，轻松快乐。"茴香"应和着叫了两声。

西奥妮转过头去，看见了一个和身旁的女人情形差不多的小孩。小孩子最多不过三岁，没有面容，身上也还未显现出任何颜色。**一个男孩**，西奥妮猜。他跑着穿过野花，尚未完全成型的双手高高举过头顶。片刻之后，第二个小孩出现了，个子稍稍高些，是个女孩。他们欢笑着、嬉戏着，在小山包上跑上跑下，玩着孩子的小游戏。他们的嬉闹惊醒了脚边一只橘黄的蝴蝶。在下沉的夕阳里，蝴蝶的翅膀好像在燃烧。

西奥妮忍不住笑了，她刚好折完那一环。"看来，你想要有个家，"她温柔地说，"我也是。那一天会来的。"

她更换了纸链上折坏的一环，把折坏的链环藏到毯子下面。里拉——那个跟踪她的女人——是不会去那里找的。这一次，当西奥妮把链子绕在身上时，纸链收紧了，变得十分坚硬，就像一根带子。她暗自希望这次的魔法用对了。

西奥妮站在原地，发现自己并不想离开这个幻境。塞恩的这个愿望埋得这么深，这么强烈，以至于西奥妮能够闻到花茎深处蜜糖的香气，能从远处的夕阳余温中感觉到一丝留恋。这个愿望是那么祥和，西奥妮很想知道，自己的心是否也能创造出这样的场景，哪怕只有此情此景的一半都好。

她抚摸着塞恩放在地毯上的手。这一次，她的手没有穿过他的。她的感觉像是触碰到了玻璃。"我会好好照顾你的。"她说，"这一天会到来的。我发誓。"

西奥妮带着"茴香"离开了，返回山丘上他们刚才经过的那扇门。她拉启门把，落日融化了，消失在山石和树林之中。

她发现自己站在了议会广场正中。

第十章

　　漫山遍野的野花瞬间变成了深浅不一的灰色鹅卵石。还有煤炭、灰尘、石板和铁。还有大笨钟——一座位于北方、指向天空的高大钟楼——刚刚敲过九点。广场正中，矗立着骄傲的瑞安·沃尔特斯爵士的巨大雕像，他紧握缰绳，勒住身下的狂野战马。雕工细腻，无论从哪一面看去，雕像都栩栩如生，仿佛随时会动起来。当然，他从未挪过一分一毫。他和他的战马均是由石头雕刻，而石头不是由人类创造的介质，所以没有哪种魔法师能用石头施法。

　　从广场四面涌出的人群在西奥妮周围打转。意识不到她的存在，同时好像又给她留出了一片宽阔空间。他们走过无数间商店，所有的店门都朝向雕像，还有几个人从一栋六层的公寓楼里进进出出，公寓楼夹在一家饺子店和一家邮局中间，两旁各有一条窄窄的巷道。西奥妮从没去过那栋公寓楼，但她能想象，那样的房子，房租账单上一定是个天文数字。

广场上不少商店都挂出了"停业"的标志——威克斯蜡烛店；"美人的武器"枪支订制店，如果西奥妮是和铁熔绑定的话，她也能干这行；还有"圣阿尔班的鲑鱼"小酒馆；"你的啤酒"这样的酒庄；以及"完美缝合"，一家西奥妮光顾过几次的裁缝店，也就这家店仍然醒目地挂着"营业"的标牌。此时肯定是某个星期天。很多店铺在这天都不营业。

西奥妮喜欢星期天。这是一周里她最爱的一天。在塔吉斯·普拉夫魔法修炼学院，除去节假日和国会日，学校允许学生休息的唯一一天就是周日。这也是西奥妮可以不做家庭作业、进城放松的一天。在这一天，她会想出各种办法奖励自己：畅快地行走在城市里，沐浴在充满生活气息的喧嚣中，贪婪地享受一块三明治，或是到议会广场大笨钟对面的三叠水喷泉去。修建喷泉的时候，一名艺匠——工艺魔法师——施了法术，为每一叠喷泉设计了不同的路线。每隔五分钟，喷泉就会变换喷出不同的水花。在西奥妮的生命旅程里，有那么几个月，她也想成为一名艺匠，创造出像喷泉这样奇妙的东西。

她不由得想起了艾默里——魔法师塞恩。他也喜欢星期天的美妙吗？

西奥妮四下打量。右前方有一扇古老的木头拱门,被刷成红色。她走进拱门,抚摸着门侧……

眼前一闪,西奥妮发现自己置身于议会广场的另一处,位于最东边。她的鼻尖差点顶到一扇老式木门,门框上镶嵌的铁艺雕花已经生了锈,翘起的一根尖尖的铁丝正指在她的两眼之间。就在这时,一声洪亮的钟声刺破天穹,惊得她倒退了一步。钟声不是来自大笨钟,而是从她面前的这栋楼里传出的,是一口铜钟。这里是一个教堂。门上褪色的牌子上写着:威斯敏斯特圣彼得学院教堂。她隐约记得,穿过真正的议会广场,似乎的确有这么一座教堂。"茴香"的爪子抓挠着门框下面。

西奥妮察看着周围的人群,没有发现里拉。她施法折了一只松鸦,念出咒语:"呼吸"。她轻轻抓住鸟儿的一只翅膀,免得小鸟立刻飞走,道:"寻找一个身穿黑衣的女人,长头发,血色指甲。如果你找到了,啄一啄这里的窗子。"

小鸟在西奥妮的掌心跳了跳。她松开手,让鸟儿飞向广场上空。

西奥妮抓住教堂大门厚重的铁扶手,使劲拉开门,跨进一条光线昏暗的走廊。才迈出第三步,她就发现自己被再次移换了地方,走到第四步时,她已经站在了礼拜堂后面一个窄小的阳台上,阳台两端各有一扇彩色玻璃圆顶窗。两排 Y 形立柱在她眼前排开,每对立柱之间各有两排祈祷用的棕色长椅。立柱后镶着更多的圆顶窗户,透进阳光。阳光之外,还有顶上的三层枝形吊灯洒下的亮光。礼拜堂前面的那扇窗户最大，几乎占据了整整一面墙。从她站立的地方，西奥妮能看到彩色玻璃上镶画的图案，却又说不清画了什么。教堂里祈祷的人，更是在她面前一目了然。

他们坐满了一半的长椅。一个身穿白色长袍的男人站在礼拜堂前端，肩上挂着深色的圣带，手里捧着一本厚厚的、翻看得很旧的《圣经》。他口中念着什么，但西奥妮听不见。

"真羡慕他们。"身边响起一个熟悉的男中音。

西奥妮差点儿跳起来。艾默里·塞恩就站在她身边，稍稍离阳台栏杆远一点点，双手交叉抱在胸前。他的模样和在西奥妮失去奖学金和工作的那个晚宴上一样。深色的双眉虽然轻拧着，却看不出到底是惊恐、愤怒还是别的什么情绪。除此之外，他的表情和姿势都非常镇定。他垂着眼睛看着下面的牧师，因此西奥妮看不到他的双眼，猜不出他此刻的心情。

她感到后颈麻酥酥的，好像有一尾羽毛轻轻拂过。如果他看起来和那时一样，她或许能和他说上话？

"塞恩！"她大声喊道，"我需要你帮我！"

但魔法师毫无反应，仍旧凝视着下面。西奥妮咬了咬嘴唇，决定再试一次。

"你羡慕谁？"她问，向他靠近一步。

"他们。"塞恩朝下面椅子上虔诚的人们扬了扬下巴。西奥妮舒了口气——他终于回答她了。看来，这个塞恩，虽然出现在幻境中，却是塞恩真实自我的分裂体—— 一个在他第二心室的分裂体。"真的，我羡慕他们所有人，羡慕他们有信仰。"

西奥妮看着教堂里的众人，"你也想成为一名英国国教会教徒？"

她的朋友安妮丝·海特就是英国教会的成员，这个教会管辖介质魔法。西奥妮只参加过一次教会弥撒。

"如果一个人能信仰什么的话，我觉得生活应该会……更简单……"他回答道，仍旧没有看她，"东信一下西信一下，对灵魂无益。全盘接收或全盘否定也不好。这就跟一个魔法师不能操控所有介质一样，同样的道理。魔法师只能选择一种介质。可他怎么知道选哪一个才对？这些人又怎么知道选择哪种信仰？不过，他们看起来很幸福。"

西奥妮摸了摸他的手肘，实实在在的手肘——再一次证明这个艾默里·塞恩并非幻象。"你得先都了解一下，我想。"她说，"直到找到适合你的那种。"

他看了她一眼，绿色的眼睛陷入沉思，带着几分忧郁，"西奥妮，你有可以信仰的东西吗？"

当他说出她的名字时，她的心跳加快了。

她认真想了想，"我从来没有想过这个问题。我想，我还没有可信仰的东西。我明白你的意思，在所有的信仰中，所有的神灵里，所有的执念里，都有值得称许之处。如果真要我好好想一想的话……

154

我会这里取一点，那里借鉴一点，收集对我有益的部分，塑造我自己的信仰。信仰是很个人的，真的。不会因为你没有每周与和自己信仰相同的人见一次面，就说明你没有信仰。"

他还是刚才的表情，却点了点头。

西奥妮望着他硬朗的下巴。她怎么也想不到，像艾默里·塞恩这样一位纸魔法师，竟会渴望信仰。自从他们初次相遇，她就把他锁进了一个片面的一维世界，一直没变。还有塞恩的学徒郎斯顿，也曾被她胡乱下过定论。她这样先入为主地判断了多少人？片面地了解他们，就像片面地只了解纸页的一面？

他们交谈的间隙，西奥妮仍能听到远处艾默里"怦、怦、怦"的心跳声。那声音现在听起来非常……倦怠。一阵战栗滑下她的脊背，像一道诅咒。她抱起"茴香"，从阳台上转过身。她必须继续往前走，不能永远停留在这里。她必须赶在塞恩的两颗心中任何一颗停止跳动之前，回到真正的塞恩身边。

她找到楼梯，迅速走下了阳台。虽然阳台只在二楼，楼梯却转了一个又一个弯，比通常的楼梯长出许多。终于，感觉好像下了四层楼似的，西奥妮在楼梯尽头看到了一扇发光的门——白色门体，猩红的门框，没有圆形手柄，也没有扶手。

西奥妮将"茴香"紧紧抱在怀中，伸出手去，推开了门。

身边的教堂消失了，一起消失的还有议会广场。西奥妮又一次站在一个高大的、血肉铸就的心室里，四周布满了蓝色的血管，血液在主动脉里汩汩流动，"怦、怦、怦"的心跳声在艾默里创造的幻境中回荡，敲鼓一般震着她的耳膜，力量足以穿透地面。西奥妮能感到，此时的心跳比刚才的缓慢了一些。

在距西奥妮不到十步远的地方，她看到了另一条灌满鲜血的河流，还有一个瓣膜——不是她曾穿过的那一个。这个瓣膜通向塞恩的第三个心室。不会错。

忽然，西奥妮感到手臂上汗毛倒竖。她转身快速查看四周，没有发现里拉的黑头发。她有些担心地板下会钻出更多的断手抓住她。一想到那个血割者里拉，她就听到自己的心跳声和艾默里的一样响亮。不知道在里拉追上她之前，还剩多少时间？里拉会不会就埋伏在下一间心室里……

她恐惧地咽了一下唾沫。"茴香"用纸舌头舔了舔她的下巴。

"折起来吧，小狗狗。"她小声说，努力不让自己颤抖。在她的一生中，她从没像过去的二十四小时这样颤抖得这么多！她不禁骂了艾默里·塞恩一句，这个世上最难解救的人！

"茴香"很听话，乖乖折成一个不对称的五边形，西奥妮把它小心翼翼地压在包里的两叠纸页之间。她瞟了一眼瓣膜，嘴里又冒出一句咒骂。她清晰地记得穿越瓣膜时那令人窒息的墙壁，无法呼吸，无法动弹。太热，而且太黑。她恐惧地舔了舔舌头，感觉满嘴都是生萝卜的苦味儿。如果她无法穿过这一层瓣膜，将会怎样？如果她被永远夹在瓣膜墙壁里，又会怎样……

她咽下恐惧，喉咙就跟冒出了一颗毒瘤似的。但是，不管发生什么，都比失败好。如果西奥妮失去了艾默里，她永远也不会原谅自己。她陷得太深，已不能回头。

西奥妮咬紧牙关，侧过脸迎向瓣膜，伸出一只手往厚厚的墙内使劲儿推，另一只手死死抓住搭在后腰上的挎包，脑子里默数到三。

数到"二"时，她大叫道："等这一切结束了，应该给我发奖金！"声音节拍错乱地回荡在心跳声中。

数到"三"时，她深深吸入一口气，挤进墙壁。

缠绕在她身上的盾链保护着她，炽热的墙壁拉开了不多的几英尺，让她有呼吸的余地。她放松下来，舒了口气，可没过多久，她就领教了瓣膜的其他威力。

鲜血如洪水般在她脚下奔涌，直接漫到大腿。每一声心跳发出的"怦"然巨响都令她摇晃，身体发僵。她的头发像绳索一般缠在脖子上。她刚才咬牙过紧，嘴里流出的鲜血在舌尖跳跃。

她又一次不能呼吸了。**丝毫不能。**

她用力往前伸出脚，伸手找着可以抓住的地方。额头上的汗滴进眼里，她不得不紧闭双眼。

她觉得肺都要被挤炸了。忽然，她摸到瓣膜的另一边是空的。她抓紧了瓣膜的边缘，使劲挤进了一间黑暗的心室，用力大口地喘息着。她用肮脏的衣袖擦了擦脸，抬头打量四周。她好像是站在一间昏暗的办公室里。唯一的光源来自三步开外那扇对开窗户，没有百叶窗也没有窗帘。窗外,深邃湛蓝的天空上,几颗星星微微闪烁着。这会不会是艾默里写书的那一间?西奥妮胡乱猜想着,从挎包里掏出叠平的"茴香"。

一连串的脚步声让她从窗外收回目光。她扫视房间,寻找脚步声传来的方向,但黑暗的阴影隐藏了一切。

她把"茴香"紧紧抱在前胸,问道:"谁在那儿?"

影子动了,飘向她,突然像一列火车一样猛冲过来。西奥妮后退撞上墙,后脑勺磕在壁板上。她感到肺里的空气又被挤了出去。袭击她的人抓住了她的衣领。而同一瞬间,黑暗的房间飞速转动起来。**里拉!**

很快,西奥妮的眼睛适应了黑暗,发现将她甩出去的不是里拉。怒气冲冲威胁她的人有一双明亮的绿色眼睛。不是里拉。

而是艾默里·塞恩。

第十一章

即便是在黑暗中，西奥妮也能看到那双眼睛愤怒的灼灼目光，恨不得将她劈开。艾默里抓住她衣领的手压得更加用力，力量大得让她生疼。头发从他额头垂下，仿若黑色暗影。盾链没有感觉到艾默里手的压力，丝毫没有反应。

忽然间，西奥妮站到了办公室的另一边，艾默里的手不见了。她扶住书桌的长边站稳。她移开了，可艾默里还站在原地，只不过，他手里掐住的不再是西奥妮，而是里拉——更年轻的里拉，深色卷发搭在肩头，脸上的表情依旧冷酷。

"你怎么敢这样！"艾默里怒火中烧，几乎在咆哮。每一个字都像铁锤般敲击着西奥妮的耳膜和骨头。看到艾默里爆发出如此怒气，西奥妮大吃一惊。"你究竟明不明白这意味着什么？"

"放开我！"里拉冲他大叫。

艾默里退开几步。西奥妮紧紧抱住"茴香"，靠近他们。

"三天了，一点儿消息也没有。一点儿都没有！"艾默里喘息着，双手在空中挥舞，就像出击的眼镜蛇，"弗罗琳失踪了，你脱不了嫌疑！"

里拉睁大双眼。

艾默里揪住自己的头发，将目光转向别处。滚烫愤怒的眼神扫过西奥妮，却看不见她。这个艾默里和教堂里的那个完全不一样，无法感知西奥妮的存在。艾默里忽然转身面对里拉，说道："你难道一点儿都不知道？你怎么可能什么都没有听说？你去哪儿了？"

"关你什么事？"她反问，声音虽和他的一样尖锐，但和他火冒三丈的语气不同，她的每个字仿佛只要一触碰到空气，就会结霜，"我又不是你的狗，艾默里！"

"你是说我的妻子消失了，不留一点踪迹，不关我的事？"艾默里厉声问道。接着一声震响，吓得西奥妮跳了起来。原来是艾默里一拳打在墙壁上，油漆在拳头边迸出裂纹。

"艾默里。"西奥妮轻轻呼唤了一声。

他收回手，转向里拉。"全是因为格拉斯·寇伯特，是不是？"他问道。怒火和伤痛相互绞缠，像雷暴一样卷过他，愤怒的眼里电光闪过。他揉着拳头，就像在揉自己的心。

"别把他搅进来。"里拉厉声说。

艾默里抓住里拉的双肩摇晃着，"你胡搞的可是血割术啊，里拉！天哪，血割术！你还有什么好借口？难道你已经把这个世界的一切美好和正义都抛弃了吗？"

当里拉的手像划过水面的船般拂过艾默里的脸时，房间里的一切幻象顿时汹涌起伏。西奥妮的肩膀撞在了办公室的门上——她被从这两人身边拉离了。一道犹如从窗口射下的银光照亮了他们的轮廓。这不是西奥妮的艾默里·塞恩——这个塞恩太咄咄逼人，言语坚硬全是命令。这个塞恩吓到了她。

她仓皇笨拙地摸到了身后的门把手，手上全是汗。她拧开房门，几乎连滚带爬地进入下一个幻象。

她踩在潮湿凉爽的草地上，雾气弥漫的天空在她面前舒展开来。温柔细密的水珠铺天盖地，她急忙转身护住"茴香"，不让浓重的湿气碰到它。冰冷的空气让她的皮肤感到刺痛，寒气钻进手臂。西奥妮把"茴香"塞到衬衫下，跪下来，随手抹了抹额头上的雨水。雨里混着汗液，弄湿了她额前的发丝。西奥妮打量着周围的环境。

平坦的草地上没有树木和花园。远处，一座类似学校的红砖楼若隐若现，但没有通往那里的小径。西奥妮右边不远处是一条蜿蜒的鹅卵石小道，左边立着几栋小石楼，楼梯侧面是三角形的墙，没有窗户和烟囱。楼房太小，不像是活人住的地方，看起来更像死者之家，用岩石垒成的墓穴。

西奥妮用力站起来，肩上的挎包越发沉重，于是她换了一边背。

站稳之后，西奥妮发现地面是一排排整齐的凹槽，每一个上面都覆盖着刻有名字和日期的水泥石板。有的上面放着花束，有些花束仍旧润湿，有些却已干枯。其中一块石板上放着一只玩具绵羊，比西奥妮的手掌小一点点，已被雨水完全浸湿。

西奥妮很少去墓地。那是悲伤的地方。此时此刻，仿佛苍天都在哭泣。

距离西奥妮上一次踏进墓园，一晃已将近五年。

西奥妮知道，塞恩办公室的门多半已经不在那儿了，但还是不管不顾地摸索寻找。一阵寒气钻入手臂，窜进心腹。"还真不在这儿了。"她打着寒战小声说。她双手抱紧自己，"我不想知道这里有什么，艾默里，求你了。"

然而，眼前的幻象却没有旋转改变。墓园静默如雪花，等待着她，与之做伴的毛毛细雨浸透了她的衬衫。

西奥妮咬着下唇，顺着鹅卵石路面来到一座低矮的山丘。她感到疲惫极了。现在几点了？她在艾默里的心脏里待了多久了？她离开魔法师的家多久了？她没有表，无法回答。根据自己的疲惫程度估算，应该很晚了吧……就算加上与里拉对抗，就算在心室之间挣扎会加剧一个人的疲惫之感，天色也应该不早了。

她从包里拿出些奶酪，慢慢咀嚼。她太紧张了，胃里装不下太多食物。她能听到脑海里艾默里在说话，声音就像留声机上卡住的唱片，全是对背叛的愤怒。如果这间心室和西奥妮猜想的一样，她想尽快离开。

鹅卵石道顺着小山的山势伸向远方。道路左边，站着一群身穿黑衣的人。其中两名男人穿着西装，还有一位牧师，衣领是黑白两色；四名身穿黑色长裙的女子，其中三个戴着宽边帽，脸上遮着面纱。她慢慢接近他们，拖着酸痛的双腿在潮湿的山坡上艰难跋涉。其中一个男人朝一个女人转过头来，在她耳边轻声说了一句。西奥妮认出了他，那个养蜂人。不过，此时的他看起来和原来有些不同。悲伤改变了他的容貌，他看起来是那么憔悴、疲惫。养蜂人，艾默里的父亲。西奥妮全身战栗。

好不容易，她才重新聚集起力气，小跑着穿过墓园。应该不会是艾默里的墓地！没有谁的心能够预知未来，对不对？

她跨出几步，却又忽然停下，距离墓园只有几步之遥。但愿这不是未来，她想。如果自己太晚了呢？艾默里会不会已经……

西奥妮咬紧下唇，穿过那些女人，她们没有谁感知到了她的存在。她来到两座新立的、泥土还潮湿的坟墓面前。

坟墓前站着一个年纪不过三岁的小男孩，拿着小圆帽的手垂在身前。雨水把他脑后松散的卷发浸得湿漉漉的，前额和两侧以及耳后的头发一片片紧紧贴着脑袋。他呆呆地看着前方，微微嘟着嘴，表情若有所思。

西奥妮跪在他身旁，想替他将开湿漉漉的、遮住眼睛的头发。

可是，她的手再一次穿过了他的额头。接着，西奥妮看到了墓碑上的文字：亨利·塞恩，1839-1874，另一块是：麦罗娣·弗莱德拉·塞恩，1841-1874。两块墓碑的名字下，都雕刻着刚刚起飞的鸽子，旁边还刻了两枚交错在一起的结婚戒指。

西奥妮双手交叉放到胸前。

"长眠在此的是你的父母。"她一边小声说，一边望着这个小男孩，然后又看了看身后的养蜂人。他们长得很像，他应该是小男孩的叔叔。

愤怒、背弃、死亡、黑暗岁月——它们正是这间心室里的回忆。西奥妮见过了艾默里的幸福和希望，也避不开他回忆里的黑暗，避不开他受到的伤害与经历的悲哀，避不开阴影在他明亮的双眼后投下的碎片。

她跪着，膝盖下的裙子紧贴地面，被草丛里的雨水浸湿。小男孩的目光穿过她，望向两座墓碑。他的眼睛很大，眼睑下垂。雨滴打湿了他深色的睫毛，雨水不断拍击着他的脸颊。

"我知道你在，艾默里。"西奥妮小声说，"请你让我……让我帮帮他。"

西奥妮再一次试着拨开男孩脸上潮湿的头发。这一次，她的手指碰到了他的脸，硬硬的像玻璃。虽然不像是摸到皮肤的感觉，但至少，她可以触摸到他了。

她抱住小男孩的双肩，把他拥入怀中。"一切都会好起来的，我发誓。"她呢喃着说，"我见过你的未来，你会很有成就。你的父母会为你骄傲的。一切都会越来越好。你还会幸福的。"我能帮你做到。

她吻了吻小艾默里的额头，从他手里抽出帽子替他戴上。暴风雨已经将男孩淋得湿透，但帽子至少可以为他的眼睛挡住雨水。她站在那里，也想找点儿什么干东西擦擦自己的脸，可是身边什么也没有。她必须离开这雨——如果她湿透了，"茴香"也会淋湿。她知道，在这么黑暗的地方，如果没有"茴香"，她走不了多远。

西奥妮揉了揉肩膀和脖颈，恭恭敬敬地绕过那两座坟墓，从养蜂人和牧师中间穿过，离开哀悼的人群，走过小径。一眼望去，墓地好像没有边际，延伸到了地平线之后，那后面的天空似乎也挤满了坟墓。

她向前艰难跋涉，来到一道只有膝盖高的石墙前，从一处磨损坍塌的地方翻过去。啪嗒一声，她的鞋碰到了黑白相间的地砖。在她上方，是接近三层楼高的穹顶，替代了乌云和雨。西奥妮的头发和衣服一瞬间便干透了，房里的空气恢复到常温，变得暖和起来。

她仔细地看了几秒眼前巨大的心房——不，应该说这是走廊。在她左右两侧，靠着墙壁有一排铜色的立柱，柱子之间是梨形的龛室，摆放着各色珍宝：彩绘花瓶；镶在玻璃框里的颜色发黄的古老文件；当今女王和以前数任女王的半身像，其中一位的鼻子上有一道斑痕，十分奇特。

穹顶上是一排排长窗，透下阳光。这地方让西奥妮感到很熟悉，可又想不起来。也许她来过这里，只是从没在这个角度看过。

她把"茴香"从衬衫底下取出来。就算墓园的雨把它淋湿了，幻境的变化也会让它变干的。

她将小狗重新打开，"茴香"立刻生机勃勃地抬起一只后腿挠了挠纸耳朵。西奥妮笑出了声，挠挠它的下巴，"跟好了，小乖狗。"

她向前走去，脚步声很响。"茴香"却很安静，它奔到一根柱子旁的野蕨前，闻着瓷花盆的边缘。

一阵低低的话语声传进西奥妮的耳朵。她停下，仔细倾听。声音来自前方角落。她小心翼翼，慢慢接近声音的方向。

她听出了那两个声音：第一个是艾默里的。第二个，是魔法师休斯。

她躲在角落里张望，看见他俩靠在一堵双开门房间的外墙上。这扇门让西奥妮想起来了：这里是议会。几年前，她来这里参观过，那时候，她父亲还是一名司机。

"没用的。"艾默里小声说。他站着，双手交叉，手掌拍打着手肘，眼睛望向对面的墙。他穿着一件和靛青色外衣相近的灰绿色外套，上面的纽扣更多。"我已经不管他了。他也就提过一次，但事已至此我打算推迟证书颁发的时间。爱德华是个聪明人，但我估计很难说服他。"

"确实很难说服。"魔法师休斯赞同道。他用拇指和食指捻着短短的胡须，"但他们一定会想尽办法避免调动。适应新的课程计划很花时间,对谁都没有好处。再说了,你和里拉的事儿也需要时间好好调解。"

"我的婚姻完蛋了,艾尔弗雷德。"艾默里说。他长长地吐出一口气,把双手插进口袋。他的声音透出的沉重感让西奥妮不自觉地靠向墙。

魔法师休斯把手放到艾默里的肩上,"我很遗憾。我自己已经是经历第三次婚姻的人了。婚姻难啊。不过,如果能给彼此一点时间的话……"

"她是一个血割者。"艾默里打断了休斯的话。

艾默里的声音轻得几不可闻,但在空荡的走廊里,却像敲响了的钟钹。

魔法师休斯好半天没作声,最后终于开口说:"你……没开玩笑吧?"

"我宁愿是个玩笑。"他说,"可是,我看到了迹象。"他犹豫了一下,"而且,我已经有四个月没见过她了。"

两个人沉默了好一会儿。西奥妮正要转身离开,魔法师休斯开口了:"艾默里,你看,也许这样会有用。我认识几个人——不是警察,但他们能替女王陛下铲除黑暗魔法。如果你愿意,我可以把他们介绍给你……"

魔法师休斯的嘴唇还在动,却没了声音,看起来像在演哑剧。西奥妮在他和艾默里之间看来看去,希望能听到更多内容……但他俩就像是只有动作没有声音的牵线木偶,而西奥妮读不来唇语。

她抱怨着,真想狠狠踩上几脚。

"茴香"在她身后喘着粗气,西奥妮一直盯着他们看,直到她双眼刺痛,这才离开艾默里和魔法师休斯,来到一座大理石拱门下,却发现这里已经不是议会。这里的天花板下,尽是走廊和楼梯。

她正站在格兰杰技术学校的中央走廊上,这是她上过的中学。

走廊里全是年轻人,聊着,走着,吃着午餐。摆放网球奖杯的柜子旁,有一对活泼的情侣正在亲吻——和西奥妮记忆中的比起来,奖杯少了许多。一个身穿毛背心的男人用尺子在男孩背上拍了拍,让他们离开。在她身后站着三个女孩,梳着很高的发束,抹了鲜艳的口红,小声交谈着,手捂在嘴上咯咯直笑。最矮的那个笑得最凶,居然发出打鼾似的声音,惹得另外两个一阵窃笑。一个身材修长的女人鼻梁上架着眼镜,拿着写字夹板,从女孩们身后的楼梯上走下来。三个女孩一看见她就走开了。女人谁也不看,包括西奥妮。

西奥妮把目光从人们身上移开,重新打量大楼。她确定这里是格兰杰技术学校,但又和她记忆中的有点儿不一样:地板上铺的是亚麻油地毯,而不是她上学时奔跑了四年的褐红色硬地毯;楼梯扶手不是橡木的,而是有着浅色斑纹的松木。大楼看起来倒还是原来那样。这里也是艾默里读过的中学——也许,在他上学的时候,这里就是这个样子。

她脑海里浮现出安妮丝·海特的身影。她把回忆驱赶开。今天,她走过的是艾默里的心，而不是她自己的。

西奥妮的眼前忽然飘过一缕头发，吓得她跳起来。原来是个和自己差不多年纪的女孩，看起来有点儿像里拉，脸比她宽，鼻梁也更直。西奥妮过了好一会儿才镇定下来，"'茴香'，天知道我们还会在这儿碰到什么。"

她不得不承认，偶尔涌现的对这所学校的怀念之情和眼下幻境的气氛很不合拍。她告诫自己保持警觉，希望"茴香"能够捕捉到她忽略的不寻常之处。

西奥妮摸了摸绕在胸前的盾链。就算它之前被雨水和鲜血弄坏了，幻境移到议会又移到学校的过程一定已经把它修补好了。这样最好。她本想坐在学校地板上，用折术再叠几只鸟儿，但很快放弃了这个想法。为艾默里折的那颗脆弱的纸心恐怕不会给她多少时间。她只能依赖盾链和纸扇来保护自己。

走廊旁边还有些小壁橱，里面塞满了书、家庭作业和午餐盒。到处都挤满了人，也许刚刚下课，或者刚吃完午餐。西奥妮一开始还想躲开他们，可人实在是太多了。她站在那里，他们径直穿过她。她只是这里的幻象。她和"茴香"都是。

一群学生跟着西奥妮的代数老师古德外泽女士走了过去。老师比西奥妮记忆中要丰满些，也年轻些。身穿紧身紫色半腰裙的古德外泽女士从她身边匆匆走过。就在这时，西奥妮瞥见了一群男孩，三个站着，一个坐在地板上，腿上放着一本书，手里拿着折过的纸页。其中一个长着一头黑发,西奥妮向他飞奔而去。

"艾默······"她刚叫出名字,就发现坐在地板上的男孩不是艾默里·塞恩。他长着粉刺的皮肤太苍白,鼻子太翘,还戴着一副眼镜,瞳孔是浅棕色,而不是绿色。和西奥妮一样,他的手上也长满了雀斑。

西奥妮认出了他手头正在折的东西——一个预见之盒。刚刚开始有盒子的形状。

"看来只有纸能吸引你的那双手,是吗?"站着的一个男孩问,其他人一阵哄笑。"除了白占地方,你就没有其他事可做了吗,普利特?"

西奥妮走了过去。她最讨厌学校的恶霸,打算教训教训他们。但愿这个幻境能够让她跟他们交流。她刚要开口说话,话语却卡在了喉咙里。

使坏的男孩长着一头乌木色的短发,一双明亮的绿眼睛。

艾默里。

他看起来完全变了样——更年轻,身材更高挑。他肯定刚刚才抽条长了个子,最多不过十七岁,却比同伴高出半个头。他的脸瘦多了,嘴巴微张着。他的眼神里没有同情,只有"一切都是为了好玩儿"。完全是少年的眼神。

"你聋了吗?"艾默里的朋友问,他长着一张方脸,体格强壮,伸脚踢了踢普利特,"你就没有其他事情可做了吗? 这地方可是留给人走路的。"普利特皱了皱眉，眼睛向下看着盒子，想把它压在书上按平，准备折下一步。那是一本天文学教科书。但艾默里把脚尖挑进普利特的腿下，挑翻了书。书从普利特的膝盖滚到了地上，压在预见之盒上，压坏了盒子。尽管预见之盒还没施法就不算真正完成了。

艾默里和他的伙伴放声大笑，普利特捡起地上的书，站起来。他转身背对艾默里，就像所有被欺负的人那样，不理会这群人。西奥妮的母亲也常这样教她，但西奥妮知道，视而不见不会让这群猪自动消失。她忽然想起了迈克尔·弗尔顿，一个肩膀宽厚的胖男生，在七年级的时候总喜欢叫她海象。在西奥妮有能力反抗之前，她无视了他两年，但无情的折磨越来越残酷，直到她再也无法忍受。中学开学的第一天，西奥妮直面迈克尔，好好教训了他一顿，他这才闭上了嘴。从那之后，迈克尔总是躲着她。西奥妮很清楚，恶霸都是欺软怕硬。

"为了自己，勇敢面对！"她发现自己在对普利特说话，对方却没有任何回应。

艾默里猛推了普利特的肩头一把，男孩晃了一下。"别跑啊，纸人？"

普利特加快脚步，消失在拥挤的走廊上。

西奥妮皱起眉头，转向艾默里，"原来你以前是个混蛋，你知道吗？"

艾默里弯腰从普利特坐过的地方捡起一个纸袋——普利特忘了

拿走他的午餐袋。他翻了翻，站在他右边的朋友把脑袋凑过来，想看看里面装了什么。

"谁先看到饼干就是谁的。"艾默里的小跟班说道。

艾默里拿出一个红苹果，把袋子丢给那人，在袖子上擦了擦苹果，咬了一大口，然后迈开长腿，走向走廊尽头。

艾默里一边走，一边从后裤包里掏出一个纸折的青蛙——普利特折的。他嘴里塞满了苹果，将青蛙一把揉掉，"废物一个。"他把那团纸扔向路过的一个深色皮肤的女孩。女孩狠狠瞪了他一眼，却没有还击，走开了。

看着这个未来的纸魔法师从眼前消失后，她这才深深地吸了一口气。"走吧，'茴香'。"西奥妮命令道。毕竟，这都是过去的事了，没必要为此失望。"可我还是想好好问问你，"她说出了声，"是什么让你对折术改变了看法。我还希望你能向普利特道个歉。"走廊上，学生们纷纷走进各自的教室，人一下子少了。西奥妮这才看见了一扇通往外面的双开门。她估计这门要么把她带到艾默里这段回忆的下一阶段，要么会将她送到第三间心室。她只有亲自试试才能知道。她希望答案是第二个——她得尽快逃离里拉的陷阱，唯一可逃的路看起来就是到达心脏尽头。她必须去那里，即便要经历所有的幻境，一个接一个，她也要到达那里。

她打开了门，发现自己站在一间熟悉的办公室里——第一间心室里的那间办公室。不同的是在书桌和周围的架子上多了些蜡烛，还有从正方形的窗户里透进的昏暗夕阳。西奥妮站在办公室的门廊上，有些犹豫，刚才的经历像针尖一样戳刺着她的大脑。

艾默里坐在书桌前，身子前倾，面前是一摞纸页，却不是用作折术的那种。他一只手拿着笔，另一只揪扯着头发，头发要比现在短一些。

"茴香"嗅着铺在地板上老旧的深紫色地毯。门在西奥妮身后关上了。

办公室里的所有东西都比艾默里自己在伦敦远郊的那栋黄色砖房里的要小得多。书架、箱子、靠着四面墙摆放的家具，每一样东西都对称摆放，没有浪费一丁点儿空间。在一个外观漂亮的樱桃木书架上，摆放着一摞又一摞蛋白色、苹果绿色和玫瑰红色的纸张，剪成大小不一的三角形和正方形。另一个书架上用铁制书立固定着许多旧书，西奥妮认出来了，其中有些就放在艾默里现在的卧室里。书架顶端放着各式各样的玻璃瓶，里面装满了一层层颜色各异的沙粒，旁边还有一个空相框。西奥妮不知道里面究竟有没有放过照片。在艾默里现在的黄砖房里，她没见过这个相框。

书桌一端还有一个半满的玻璃杯，看起来像是茶。西奥妮碰了碰，凉的。她闻了闻，一缕薄荷香。回想起来，西奥妮在艾默里的厨房里没见过半点咖啡。也许他不喜欢咖啡的味道，也许咖啡会让他神经紧张，西奥妮想"神经紧张"这个词算是艾默里的个性。

桌子上堆满了东西。摆放得整整齐齐，只留了一小片三角形的空间，供艾默里阅读文件。旁边的罐子里装着笔和圆规；一个矮日历，每一页介绍一个树种；一瓶用来吸墨的沙子。还有更多的纸，折术折叠的物件，盛有更多纸页和折叠物件的小架子。她四处查看着，目光停留在一个完全用纸做的苏瑞剧院的模型上，大门入口处的立柱、剧院穹顶上矗立着的旗杆和上面飘扬的英国国旗，都是用纸做的。西奥妮看了好一会儿，猜想要完成这样细致的作品，需要多少时间和专注力。剧院的门和墙之间连着铰链，看起来似乎随时能开启。这个模型太精致了，让她碰都不敢碰一下，哪怕她的手多半会穿过模型落个空。

她看了一眼艾默里，是他创造了如此美丽的东西。

艾默里翻过一页，在文件的下端写着什么。西奥妮终于把注意力集中到文件的内容上：专业的法律术语，文件四边留出一英寸的空白，很小的字体挤在中间。每一段话都用数字标了顺序，有的句子全是大写，用粗线隔开。西奥妮在最下面看到了艾默里的签名——笔迹很漂亮，小写字母一个个宽度相等，名字里的大写"E"和"T"用的是夸张的花体字笔法，却一点儿都不张扬。西奥妮很想临摹这些字，只要能写到这样一半好，她就满足了。

他翻到下一页细细阅读，嘴巴微微嘬起，眼神专注，眼角挤出一丝皱纹。西奥妮看到了这一页的页眉标题：**伯克里镇办事处／离婚申请**。

太阳落下，办公室里的光线昏暗下来。西奥妮看到了他签名旁的日期，刚好是在两年零五个月之前。难道这么久以来他都是一个人吗？

房间里某个地方传来咔嗒声。西奥妮警觉起来，把手伸进挎包去掏纸扇。艾默里也警觉起来，他也听见了。这说明声音不是来自里拉。艾默里的幻象不会对里拉的出现做出反应，就像不会对西奥妮的出现有反应一样。虽说声音只是来自幻境本身，西奥妮还是吓了一跳。

艾默里从椅子上站起来，离开书桌，拖着沉重的脚步迈过古老的木地板。他孤傲地微微仰着头，绕过桌子，穿过西奥妮走向房门。

他过了一会儿才说："我不想再见到你了。"

门外是一片寂静。

艾默里长叹一口气。西奥妮想拉住他的手，却又停下了，只听他说："我可是有安排守卫巡逻的。"

门先拉开一条窄缝，又犹豫了一会儿才完全打开。里拉走进来时，西奥妮不由自主地握紧了纸扇。她不停地告诉自己，这不是现在的里拉。这个里拉的头发短了很多，脸上的怨恨也没那么……明显。事实上，她像一只迷失的猎狗一样看着艾默里，像被责骂的小孩般咬着嘴唇。她身穿剪裁贴身又显苗条的连衣裙，窄细的腰带突出了腰身。裙子的领边剪得颇低，露出她柔和的胸部曲线。

"茴香"呜呜叫着。因为知道里拉所做的一切，西奥妮内心汹涌翻滚。她强迫自己放松抓紧扇子的手，以免捏坏扇子，破坏它的魔力。里拉强装无辜的表情纯属演戏—— 一目了然。西奥妮一点儿也不相信。

艾默里也不信。他的表情没有变化，就像那些内心对自己的孩子失望透顶但仍不动声色的家长。

"你得帮帮我。"里拉小声说。

"给我一个理由，说服我不要用电报机举报你。"艾默里说，声音像石头般又冷又硬。西奥妮猜测自从上次在办公室显示的幻象之后，里拉已经和执法者打过不止一次交道了。不知道她是否已经和血肉签了契约。西奥妮忽然又想，如果要签，该如何签呢。西奥妮想象不出一个人怎么才会成为血割者，也不愿意任何人给予她灵感。

眼泪——真的眼泪——溢满了里拉深色的睫毛边。她有点儿表演天赋。"只要一个晚上就行，求你了，艾默里。"她哀求着，"我明早就走。我只需要有个地方待一晚就行。"

"我知道有几处牢房可以让你梦想成真。"

"我是清白的！"她说。艾默里怀疑地挑起一边眉毛，算是回应。里拉涨红了脸，额头的线条紧绷起来，"想想我给过你的一切，艾默里！你难道不知道他们会拿我怎么样吗？我是清白的！"

艾默里冷笑了一声，手垂到身体两侧。西奥妮真担心这个姿势会将他的心脏完全暴露给里拉。她还清晰地记得，里拉是怎么把他抵在餐厅墙上，手指挖进他的胸腔，而自己却毫无解救之力。

"我知道你是什么，里拉！"他大声说，"每个人都知道！你以为现在仍可以假装无辜吗？"

"当时你不在场！"她大叫道。西奥妮走近里拉，仔细看着她的脸，想从中找出她的秘密。她想把里拉从艾默里面前推开，但她的手穿过了里拉的身体，仿佛对方是自己从故事书里创造的幻象。西奥妮没法干预记忆。

"你根本就不明白。"里拉抽泣着说。

"我曾努力尝试着理解。"艾默里回答道，坐到书桌边，僵硬的手指抓住桌子边缘，"老天啊，我尝试过，里拉。你……你走吧。"

"我走不了。"她说，"他们已经跟到这儿了。"

"你的那些同伙呢？"艾默里问，"格拉斯？曼尼恩？萨拉杰？"

里拉绝望地摇了摇头，"我是一个人来的。我想脱离他们，艾默里，你必须相信我！可格拉斯和他的爪牙诽谤了我那么多，我该如何找回名誉？每个戴蓝帽的警察都想在我脖子上系上绞索，我又该如何开始重新生活？"

艾默里摇摇头，揉着太阳穴，"有时法律不足以惩恶扬善，里拉。难道你全忘了吗……"

"我是清白的！"里拉大叫着，向前一步抓住艾默里的衣袖，"对他们来说，我什么也不是，只是一只替罪羊！我知道自己是个傻瓜，但每个犯错的人都有弥补的权利！况且，哦……在我犯下的所有错误里……"

西奥妮皱起眉，对艾默里说："她在耍你。看看她的眼睛——全是演戏。我在中学上过表演课，我知道。"

然而，这一切都是已经发生的往事。西奥妮无法改变，无法减轻里拉在艾默里心中堆积的悲伤与痛苦，无法阻止她挖走他的心。

但西奥妮真的想改变这一切。

她看着艾默里，他的眼神正变得柔软起来。

"千万别相信她！"西奥妮大叫，"茴香"也在一边跟着大声叫唤。就连一只纸做的小狗都比艾默里清醒！"你知道她是什么样的人！她会做出什么来！"

"在我犯下的所有错误里，最糟糕的就是认识了你。"里拉声音小了，浓密的睫毛扑闪着。她像一只填了一半的沙袋一样软软地靠入艾默里怀中，"你是我的一切，艾默里。是我毁了一切。我失控了……我以为你会……"

她非常戏剧化地停了停，把自己从他怀中拉开，"不过，这一切都不重要了。你根本不相信我。"

"里拉……"

"我们能不能回到当初？"她问，湿润的眼睛大睁着，"我们能不能远离这个地方，像蛇一样蜕换掉现在的这层皮？"

多么糟糕的比喻。艾默里的表情又强硬起来。

"你知道，我也是他们中的一员，"他说，"是我帮他们追踪到了你。"

"这我知道。"她说。西奥妮瞪着她，但这次，她从里拉的脸上什么也没读出来。诅咒这个女人，诅咒她白瓷一样的皮肤。"我都知道。你应当看不起我。我知道我已经失去了你……"里拉深情地望着艾默里的眼睛，西奥妮看见那双眼又一次变得非常柔软，开始怀疑是否错怪了这个血割者。

我得走了，我应该离开。西奥妮想，心里酸楚不已。她不想看到这一幕的结局。她伸手想打开里拉身后的门，但门却先一步打开了，她看到了门外的走廊，还有走廊周围的其他房间。没有新的幻境，没有血肉的墙壁。怦怦的心跳声还在她无法抵达的远处回荡。

她转身背对里拉和艾默里。房里什么东西又响了一下。不一会儿，响起了有力的敲门声，两声慢两声快。艾默里皱起的眉头说明他认识敲门的人。

艾默里抿紧嘴唇。里拉抓住他的衬衫。

"求求你，"她低声说，"求求你相信我。你比任何人都了解我，艾默里。你必须听我解释。"

艾默里犹豫片刻，抓起里拉的手腕，一根根掰开她抓着衬衫的指头。他走进走廊——穿过西奥妮——走向前门。

她跟着他走下走廊。前门上有一扇小窗，可惜一切那么黑，只能看到外面有一丝黄色光线。

艾默里打开了门，外面站着两个手提灯笼的警察。

"出什么事了？"艾默里问。

"对不起，魔法师塞恩，这么晚了还来打扰您。"高个子的警察说，"不过，我们确信里拉·霍普森就躲在城里。"

"里拉？"

"要说实话，"西奥妮在他身后小声说，"艾默里，千万别对他们撒谎。别保护她。"

警察点了点头，"我们猜她可能会和您联系，或者和她母亲联系。您是否……"

双方僵持沉默了几秒。西奥妮屏住呼吸。

"她没有和我联系。"艾默里说，"不过还是要谢谢你们。我会做好防备的。"

"或许在我们抓到她之前，您应该先住到别处去。"另一个警察说，"如果您还听说了什么……"

"我会通知你们，"艾默里说着点了一下头，"当然会。谢谢。"

两名警察低头致意，离开了门廊。西奥妮觉得心里一片冰凉，让她想吐。

她靠着墙支撑住自己，听见耳边传来门轴转动的声音。屋里的黑暗笼罩了她，但她并没有被移到另外的幻境里。相反，她发现自己又回到了办公室，和"茴香"、里拉在一起。艾默里走进来，关上门。

"谢谢你。"里拉小声说。

"你根本不值得我这么做。"艾默里回答说，目光垂向地面。

里拉往前一步，稍微迟疑了一下，伸出双手抱住了他的腰。她把脸埋进他的衣领，低声重复："谢谢你。"

西奥妮咬住嘴唇，尝到一丝血的味道。她觉得自己无法动弹。如果艾默里没有保护里拉，他的未来又会是什么样？为了救他，西奥妮被困在了他的心里，这全是因为他没能把这个恐怖的女人送进监狱！

西奥妮满脸灼热，感到溢满泪水的双眼有些刺痛。她向远处的一面墙走去。让我走吧，她哀求道，让我离开这儿。去哪儿都行。

艾默里小声说了句什么，西奥妮没听清。

里拉搂住他，那方式令西奥妮全身发热。里拉喃喃地说："我爱你，艾默里。你知道我爱你。我相信你知道。"

"里拉……"

"如果你不知道，如果你不再爱我了，"她低声说，"你是不会骗走警察的。"

她长长的手指仿佛蜘蛛的脚，抚弄着他的脖颈，每一个动作都是在注入毒液。里拉凑近他的嘴唇。一开始，他拒绝了，但如同被捕获的猎物，他很快便停止了挣扎，让她凑近自己，任她张开了网。

一滴眼泪掉出西奥妮的眼睛。她得离开这里，可是他们锁住了门……他们……

她退到墙边，用拳头使劲砸墙。什么都没有变。她从地上抱起"茴香"，尖叫道："让我出去！"声音大得甚至震动了她自己的耳膜，"艾默里·塞恩，让我出去！"

办公室褪变成黑色的影子，然后消失成一片虚无。"怦、怦、怦"

的敲击,疲惫又杂乱地响着,从四面八方向她涌来。和着她自己心跳的节拍。**最后一间心室了**,她想。她看到了点儿希望,让自己稍微镇定下来。**只剩下最后一间心室了**。

然而,第三间心室里那阵萦绕着西奥妮的黑暗并没有因此退去。她没有看见红色的墙壁、鲜血奔涌的河流,以及可以带她进入最后一间心室的牢固密实的瓣膜。她看见的是一个陌生的城市,暮色的天空阴郁多云,身边响起警察的口哨声。

第十二章

　　西奥妮从未见过这座城市。一条鹅卵石铺成的小径狭窄潮湿，街边的水沟里尽是积雪和泥土。乌蒙蒙的天空似乎让一切都变成了蓝灰两色——天色看起来像黄昏时分。太阳被乌云遮了个严实，让西奥妮很难判断准确时间。她嘴里呼出的热气凝结成雾。"茴香"有点儿害怕地躲在她腿间，西奥妮仿佛能感觉它脖子上跳动的脉搏。砖墙，黑黢黢的砖墙立在她两旁，有两层楼那么高。其中一堵墙上有一道拱门。这些建筑风格，西奥妮都不曾在伦敦看到过。这条小径的一头连着她身后的水泥台阶，通往一栋像办公楼的建筑。而另一头隐没在一栋与其他房屋都相隔甚远的砖房里。

　　警察的哨子在她耳边发出噪音，恐怖尖厉，仿佛爱尔兰女鬼带来噩运的号叫,在砖墙之间撞击回荡。西奥妮捂住耳朵,闭上眼睛。她不想来到这个地方。*让我走,让我走,让我走。*

她的愿望无法让幻境消失。寒冷的气息围绕着她,渗入她的衣裙,在她的鼻腔里灼烧。哨声更加凄厉,随之而来的是军队的军靴发出的沉重的踩踏声。

西奥妮只能奔跑。

她跑着,"茴香"在身后一路狂叫,她只好停下,抱起"茴香",免得潮湿的地面弄湿它纸做的四肢。她敏捷地躲进拱门,跑向另一条街。脚下的卵石路坑坑洼洼的,她一脚踩进一个肮脏的小水洼,裙子上溅满了冰水,浸湿了袜子。哨声回荡在楼房之间,从四面八方袭来,盖过了心跳声。

西奥妮在十字路口急转,撞上一个警察,穿身而过。她在湿滑的石头路上一个踉跄跌倒了,为了不让"茴香"碰到湿漉漉的地面,她侧身着地,盆骨和大腿立刻传来一阵剧痛,疼得她叫了起来。

"茴香"在她手里蹦了蹦,叫唤了几声,摔进西奥妮缠结在一起的乱发中,仿佛一个牵线玩具般挂在那里。

西奥妮疼得龇牙咧嘴,爬起来,擦掉身上的泥土。她咬紧牙关,眨巴着眼睛,尽力不让自己哭出来。更多的警察——还有两名士兵——顺着街道向她跑来。当他们穿过她的身体时,她闭起眼睛,抓紧了"茴香"。

没有一样是真实的。至少对她而言。可给她的感觉却无比真实。

她只得不断提醒自己：这只是艾默里的回忆。

西奥妮吹开遮在脸上的头发，只见警察们跑到了街道那一头，大喊着彼此联络，鼓起两腮吹响哨子。真像一群追踪狐狸的猎犬。但谁是狐狸呢？

"艾默里。"她小声喊出来，拔腿奔跑。每跑一步，右边髋部就传来剧痛。等到了早晨，那里肯定会青一块紫一块。

她用胳膊肘夹住挎包，感觉包比往常重了五倍。她一边狂奔，一边别扭地将挎包换一只肩膀背着，手里还要抱稳"茴香"。她的双腿比在真实世界中敏捷灵活得多，身边的一切都在向后飞驰，混成模糊混沌的一片：黑魆魆的建筑物、熟睡的乞丐、逐渐融化的积雪。

她跑向那群警察。为首的警官是个满脸大胡子的人，正在挥手指挥，将警察分成三队，奔向三条伸向城市深处的小巷。

空中飞来一架纸折的、小小的滑翔机，式样和西奥妮飞越海岸线时驾驶的那一架差不多。滑翔机擦着她的鼻尖滑过，摔落地面之前撞到了警官的手臂。

西奥妮睁大眼睛盯住滑翔机，正想伸手去捡，警官先一步抓起了它。她踮起脚，越过警官的肩膀望去，一眼就认出了机身上间隔完美的字迹，是艾默里的，虽然没有署名。

他们藏在集装箱仓库。派人往北。我在那里与你们碰头。

"原来是你。这才是你的使命。"西奥妮自言自语，抬头望向瞪着双眼的警官。他看起来非常恐惧，这证实了西奥妮的分析。

"你在一路追踪,追捕血割者。还有里拉。但这是什么时候?我在什么时间里?你安全吗?"

警官吹响了警哨,尖锐的声音回响在西奥妮耳朵里。他向东北方跑去,在十字路口和另外两个警察会合。

西奥妮刚往前跑了一步,忽然停住,转身奔向滑翔机飞出的方向。艾默里应该就在那边。

尽管全身疼痛,呼吸干涩,西奥妮还是全速奔跑。

她不知道仓库在哪儿,也没必要知道。和其他所有幻境一样,城市会在她面前展开,把她带向艾默里·塞恩。因为,她奔跑经过的是他内心的秘密。她跑过廊桥,桥下蜿蜒着橄榄绿的河流,在一处面包店前拐了个弯,店铺宽大的牌子用钉子钉在窗户上方,上面的字迹已经褪色。她爬上一座雪堆,道路在那里变得狭窄。她一路跑着,小心翼翼地抱稳夹在手肘里的"茴香"。远处,越过一栋公寓楼和一个小客栈,她看到一座巨大的建筑物,顶部有平坦的天台和一个圆柱形的烟囱。那里应该就是仓库。砖块被阳光晒褪了色,打破的窗户里一片昏暗。仓库南边悬着一个被鸟儿遗弃的鸟巢。

她看到他了,站在一道门把和门轴都生了锈的滑动门前。他穿着一套灰色衣服,与城市和天空同样的颜色,脸上沾着泥巴,表情发狂,头发比原来幻境里的更长也更乱。他身上佩戴着一个奇怪复杂的圆球,腰带上紧紧缠着纸折的星星。她只来得及瞥一眼,他就拉开沉重的、嘎吱作响的滑动门,消失在门后的阴影里。

她发现警察的哨声停歇了。不只是哨音,身边的万物都陷入了寂静。听不到脚步声、鸟儿的鸣叫声,也没有车流、没有风。手里的"茴香"更沉,肩上的挎包也更沉了。

西奥妮没有呼喊艾默里,也没有跟上他。她感到不应该打破周遭的绝对寂静。她开始走过去,步伐很小,踩在潮湿鹅卵石上的每一步都谨慎小心,无声无息。生锈的门看起来十分遥远。当她走近时,门仿佛有自我意识般打开了。

弥漫的臭味——新鲜的和腐烂的——像一首冰冷的歌向她飘来。她颤抖着,仓库里的温度比外界的寒冬还要低。水泥地面洒着盐,脚踩上去咯吱作响。西奥妮放下"茴香",小声嘱咐"别走远",话语在牙齿间打战。

墙壁顶端的窗户滤进暗蓝灰色的混沌光线,破碎的玻璃缺口用纸板和木条封住。光线照亮了头顶上方墙体间的金属过道。西奥妮右手握紧纸扇,左手抓紧了挎包带。这个地方对于里拉来说再完美不过了——那个真实的里拉。最适合她复仇。西奥妮越往仓库里面走,刺鼻的气味就越浓烈。她暗自希望自己不要死在这里,成为气味的一部分。

她走进第二间仓库,这里更宽敞一些,头顶上的金属过道蜿蜒曲折。昏暗的光线照亮了数十个挂肉的铁钩。每隔两个铁钩,要么挂着半头猪,要么挂着从头到尾直直剖开的半头牛。若不是偶尔还能看到鼻子和切了蹄的脚,它们看起来都不太像牲畜。大块的、白色和猩红相间的肉在铁钩上吱吱嘎嘎摇晃着，散发出恶臭，血液滴落地面。

"茴香"摇着尾巴，嗅着牲畜的肉块。一只老鼠急匆匆跑过。西奥妮噘嘴朝"茴香"吹了声口哨，挥挥手召回它。没想到她舞动的是拿着扇子的右手。扇子刮起一股恶臭的狂风，呼啸着飞过"茴香"头顶，灌满了仓库。西奥妮急忙用左手合拢扇子，与此同时，一块硕大的牛肉随着铁钩的嘎吱声撞到她的后背，她咬紧牙关才没让自己叫出声来。

所有的肉块都在前后摇动，悬挂的铁架发出尖锐的声响。摇晃让它们看起来如同活物，阴森可怖。

西奥妮呼出一口气，热气立刻变成白霜。她眯着眼张望前方，终于在黑暗中看到了一扇敞开的门，就在挂着的内脏和香肠的斜后方。她快步走过去，脚步声格外刺耳。褐灰色的暗淡微光照亮了仓库，门两边都站着警察。西奥妮看见艾默里背对自己，肩膀因为呼吸上下起伏。那名警官就站在他身旁，一脸苦相。好像按下了一个开关一样，忽然间，西奥妮身后的仓库里挤满了警察，都举着灯笼，仿佛在艾默里的心中，他正等着这一刻似的。没有人吹哨子，也没人说话。警察们四处走动查看，其中有几个看起来一脸茫然，像丢了魂儿似的。

"茴香"在西奥妮的腿间大声吠叫。西奥妮走过警官和艾默里，看到了恐怖的一幕。

她的身体倏地绷紧,愤怒和恐惧堵住了喉咙。她来不及扭过头去,就在水泥地上呕吐起来。喉咙和鼻腔里一阵刺痛,胃部一收一缩,一次又一次,直到再也吐不出任何胃液。就算他们能看见她,和眼前的景象比起来,她的呕吐也根本无法引起任何注意。

尸体。一块块尸体,人的尸体,像隔壁悬挂的牲畜那样,到处都是。西奥妮无法再看第二眼,可是她的记忆力——这该诅咒的记忆力——让她看一遍就足够了。她凭借记忆就能重新描绘出一切:那些无头的男人,被锯成两半的女人,没有心脏的小孩,胸腔里爬满了蛆……她知道这些画面永远、永远都不会离开她了。要不是体内一片干涸、疲惫,她一定会痛哭流涕。

尸体散发的气味和牲畜的一样。没有区别。还好刚才吐过,舌尖上,呕吐的味道代替了那些被肢解的可怜人的死亡之气。

"就差那么一步,"警官喃喃道,"那么一点点。还是让他们跑了。这些尸体还没开始腐烂,还有这些。只差那么一步。"

西奥妮颤抖着望向艾默里的脸,他双眼大睁,眼眶凹陷,皮肤惨白,皲裂的嘴唇微微张开。尽管他没有开口说话,西奥妮也能听到他在想什么。**全都怪我,他在想,因为我放走了她。这些人的死亡全都因为我的心太软弱。**

拧紧的额头,绷紧的脖颈,眼中湿润的光泽……她看得出来,他的心都碎了。她吸入一口气,往地上啐一口,抹了抹嘴。艾默里的自责重压着她,就像挤压她的、灼热的瓣膜墙壁,令她窒息,令她感到空气变得黏稠辛辣。她知道这个仓库的记忆一直压着他的心。无论是谁，都不会忘记此刻，哪怕他并没有天赋的记忆力。没有人能够忘了此时的感受。

尽管眼前的景象恐怖不已，塞恩也明显还在痛楚之中。但通过眼角的余光，西奥妮看到幻象里冒出了热气，闻到了滚烫的、金属冒烟的气味。这引起了她的注意。

猩红的热气急速环绕着她，冒着泡，沸腾着。它们就像在小径上蜿蜒前行的蛇，绕过仓库的屠宰场，向她涌来。它们蒸发了尸体和周围的架子、箱子，蒸发了一切，只留下四壁、警官，还有艾默里。艾默里仍旧目瞪口呆地面对着悬挂尸体的方向，既无法相信眼前的一切又深深自责。他看不到西奥妮，也看不到里拉——那个真实的、存在于现在的、毫无掩饰的里拉。此时，这个里拉正从唯一的门溜进来，睁着疯狂的双眼，一步步接近西奥妮。血滴冒着泡，从她指尖滑落。她是地狱的凶灵转世，是童话里那种被碎尸万段却又拼起来复活的美丽恶魔。

看到里拉滴血的手，西奥妮脸色煞白。不知道里拉这次会如何施展魔咒，会使出何种恐怖的法力——就像挖掉小孩的心脏那样。血割者施法时必须要让血液沸腾，而里拉已经把血液对准了西奥妮，甩出。

西奥妮摸了一把绕在身上的盾链，拔腿就逃，躲开这个可怕的女人。因为上一回合的失败，她看起来气疯了。

里拉的血没有碰到西奥妮。谢天谢地，她的手也没有碰到她。不过这只是暂时的，西奥妮不敢想象……

里拉从腰带上拔出同一把匕首，划过自己的手掌，手心里立刻冒出暗黑色的血。她凶狠地念动邪恶的咒语，再次向前甩出血珠。每一粒血珠都冒着热气，带着隐秘的火焰旋转着。就在血珠即将打中西奥妮的前一瞬，她胸前的盾链猛然跃起，幻化成旋转的墙壁，将血珠完全弹开。旋转的血滴模糊了幻境，吸出砖缝间的砂浆，还有水泥地上的色迹。艾默里开始褪色、消融。

西奥妮的右边出现了一扇门，就在艾默里身旁。不是一扇有红框的白门，而是一扇全红的门，周围晃动着阴影。

"不！"里拉大喊一声，黑血向地面倾盆而下。她冲向西奥妮，血红的双手伸了过来。

在里拉抓住西奥妮之前，她已经冲进了门，"茴香"紧跟在身后。可她发现自己并没有出现在艾默里的红墙心室里。她在一间漆黑的办公室里，唯一的窗户外面星光闪耀。她又回到了起点。一道黑影向她冲来。西奥妮的心在胸腔里猛然一沉。

她被困住了。

第十三章

艾默里冲向她，上臂穿过她的衣领，猛地将她推向刚才有红门的那堵墙。她紧闭双眼，等待自己穿过幻象，等待幻境变换。但什么都没有发生。艾默里的手压过来，她刚睁开眼，就看到了艾默里绿色的双眼里燃烧的熊熊怒火。

冰冷的汗水打湿了西奥妮的肌肤。"茴香"在她身边耳语般呜咽，纸做的牙齿咬着艾默里的腿。西奥妮挣扎了一下，但纸魔法师没有放手。

"你不应该出现在这儿。"他的声音很低，冒着丝丝寒气，嗓音粗哑，一点儿也不像艾默里·塞恩。即便是幻境里被愤怒和悲伤逼得发疯的艾默里·塞恩，也没有这样冰冷的嗓音。如果西奥妮不是被紧紧地抵在墙壁上，她早就颤抖不已了。

"对不起，"她哭道，"我不是有意要……"

影子般的艾默里后退一步，抓住她的肩膀。只那么轻轻一提，就将西奥妮甩到角落里一堆码摆整齐的盒子和书上。纸板盒子的尖角戳着她的肋骨和脊椎，书籍像下雨一般砸向她的头。

"我是来救你的！"她大叫。

影子艾默里大笑起来，声音破裂，仿若破音的管弦乐器，吐出一阵阵寒气，吹到西奥妮的手臂上。"没有人救得了我。你不该游进这么危险的水域，特维尔小姐。"

"茴香"拱起身体，发疯般吠叫着，但影子艾默里对它视而不见，听而不闻。他炽热的目光锁住西奥妮，如同猫头鹰盯住一只绝望奔跑的老鼠，等待时机俯冲而下，用尖爪将其轻易捕获。

西奥妮努力让自己的声音镇定下来，但她说话时还是瑟瑟发抖，"求求你，让我走。如果你放了我，我就能帮你。"

"帮我？"影子艾默里重复了一遍，轻蔑地一笑，舌尖吐出的每个字都像被醋浸泡过，"那么，谁又帮得了他们？"

幻象消退了一半，只剩下办公室的深色木墙。家具、书架和地板都消失了，取而代之的是仓库的地面，还有空中悬挂着的、撕裂砍开的尸块。

西奥妮移开视线，一只手捂住嘴巴，希望不要再吐。"我不想再看了！"她在指缝间大叫。

"真的？"影子艾默里提高了嗓音，"你的记忆好像不大好啊，西奥妮·特维尔。看样子，你好像已经把他们全忘了。是我杀了他们。"

"不！"西奥妮叫喊着，泪眼婆娑。她还是不愿去看，"是血割者杀死了他们，不是你！"

"因为我没有阻止他们。"

"你已经尽力了，对不对？"西奥妮问道，更像是对自己说，"我看到你尽力了。你想救他们。"

"不是救他们，"影子艾默里说着，死亡的幻象慢慢又变成办公室，浮现出摆满杂物的书桌，还有地板，"而是救我自己。我只想抓住血割者。"

她抬头看他，身边堆满散落的盒子和书。"你并不认识他们，对吧？你和他们毫不相干。他们是受害者，但不是你害的。你知道他们的名字吗？"

影子艾默里转开了目光。

"你看，你还不明白吗？"她哀求道，"你追捕血割者，因为他们伤害了别人，伤害了你不认识的人。但你本身没有错。"

影子艾默里大笑起来，"我和她一样。我和里拉是一路货色。"

西奥妮跳起来，"她操纵了你，艾默里·塞恩。你爱过她。我看见了，你爱过她。"她揉了揉手臂，想揉掉幻象渗进肌肤的寒气，"我从未像你那样爱过，所以我不一定能完全理解。但是如果我爱了，而且有拯救爱的机会，我不会放弃。"

194

就像我要拯救你一样……

影子艾默里忽然消散，然后又出现在西奥妮身后，一把抓住了她的长发。他把西奥妮的头猛然扭向一侧，她倒吸一口凉气。

"这里没有爱！"影子艾默里低声咆哮。

"也许这里是没有。"西奥妮小声说，"也许这个房间里没有。但这只是一部分的你，对吧？只是整个你的一小片……"

影子艾默里松开手，瞬间消失，又出现在几步开外。"茴香"大叫着，四脚离地蹦得很高。影子艾默里怒气冲冲提起"茴香"，一把揉碎"茴香"的纸脑袋，把小东西撕成了两半。

西奥妮尖叫着向"茴香"冲过去，可是，折叠精致的小狗已经毁了。艾默里手指一松，西奥妮曾经的伙伴成为碎片，轻轻飘落地面。

西奥妮吃惊地盯着那些碎片，跪下来，眼泪如小溪般滑下脸庞。

"茴香"是艾默里做给她的，因为她想念比兹。也因为他关心她。"茴香"是她和真正的艾默里之间唯一的纽带，是她在黑暗里的伙伴，是不断变化的幻象中唯一不会改变的陪伴。

她轻轻抚摸着纸张碎片，心里的感觉就和"茴香"扭曲变形的脑袋一样，被揉皱了，没有了生命。

"这不是你。"西奥妮指尖冰凉，小声说，"这不是真正的你！"

"哈！"影子艾默里厉声说，"你究竟知不知道我是谁？"

他再一次伸手抓住西奥妮的头发，把她提离地面，不断重复说道："记得吗，危险的水域……"

房间里忽然响起一阵狂笑——里拉的笑声。西奥妮感觉全身仿佛迸裂了似的,好像一块炽热的玻璃被扔到了雪地中。她看不到那个女人,影子艾默里好像也听不到她。至少,他没对笑声做出任何反应。

"难道你还不明白吗,小姑娘?"里拉的笑声回荡在黑暗的办公室里,回荡在四壁之间,"血割的规则,特别是针对心脏这一部分,已经说得再清楚不过了。"

"我不明白。"西奥妮嗓音发干,盯着影子艾默里的双眼,手指捏紧了他抓住她头发的手,不让他把自己的头皮扯掉。

里拉再次大笑,笑声小了些,"谁也不能在自己心里伤害自己深爱的人。你难道还不明白吗?他根本不爱你,你是自作多情。"

她又笑了,觉得这一切好玩儿极了。随后笑声慢慢消失,如同火焰碰到了雨水。她去了哪里,西奥妮无从知道。西奥妮陷得那么深,里拉肯定已经离开了心脏,去实施她的其他计划了。这是她的另一层陷阱。她可以带着艾默里的心脏,跨过大海,永远逃走。

如果那样的话,艾默里必死无疑。

更多的泪水滚下西奥妮的脸庞,她握紧影子艾默里的手腕,小声说:"我知道,我知道你不爱我。"

但你会爱上我的。

这个想法是她最后坚持的动力。

"你以为你是唯一犯下错误的人吗?"她问,"你真的以为在这个世界上，除了你就没有人也会犯错吗？你真的如此盲目，无法看到外面的世界吗？"

影子艾默里开始大声咆哮，但西奥妮不为所动。她的指甲掐进了他手腕的皮肤，直到他松开她的头发。她将他推开。她不会像只老鼠一样被困在这里。不会。

"里拉怎么办？"她问，目光扫过房门，仿佛血割者里拉就站在门后，"对于她犯下的罪孽，你该怎么办？"

影子艾默里的咆哮变得更加阴森。

"我怎么办？"西奥妮问，声音更小，双手捂住胸口，"我犯下的错误，又该怎么办？我也常常被它们困扰，可是，如果我总想着这些错误，我会怎样？如果我终日沉溺在这些想法里，我又会变成什么样的人？"

"我犯过错误。我妈妈的脚要做手术，让我去学校接妹妹，"她说，"当时是一月中旬，但我没有去。因为学校第二天的英语课有立体展示，我必须做好准备。我花了三个小时准备，艾默里！我妹妹在冷风中站了三个小时，等我。她患上了肺炎，差点儿丢了性命，就因为我认为我的家庭作业比她还重要！"

"我还偷过东西。"她继续说，向前迈出一小步，"我看见一位老人在路边掉了六英镑，我捡起来装进了自己的包。"

影子艾默里咯咯笑了起来，"你以为，你的这些错误和这些黑暗里承载的一样吗？你以为你着凉的妹妹以及管不住的手能和这些相提并论？"

"你有什么权力作对比？"西奥妮反驳道。负罪感和回忆攥紧了她的心脏。"你想不想知道我为什么要在米尔贫民区住那么久？我父亲曾经有一份体面的工作，为总理的家人驾驶马车，但在我十二岁的时候，我偷偷驾驶马车，撞进了女王的宫墙。我父亲从此丢了工作，全家的积蓄都用来还债，没有剩下一分钱。我们只好搬到这座城市最破烂的地方。这全都是因为我，因为我想驾驶马车。父母不同意，而我还是偷偷做了。"

"还有安妮丝。"她问道，"你听说过安妮丝·海特的事吗？"

影子艾默里没有回答。

"她是我最好的朋友！"她哭道，"她是我最好的朋友，中学的第一年她非常不适应。我不知道为什么，因为我从没问过她。她只是越来越忧郁，躲进了自己的世界。寒假的前一天，她让我去她家，说想和我谈一谈。我去晚了，原因不重要了，关键是我晚了。我赶到她家的时候，她躺在浴缸里，割断了手腕。"

西奥妮捂住嘴抽泣着。即使过去了这么多年，时光蒙住了那段记忆，现在回想起来，仍是那么历历在目。在那之后，无数个夜晚，西奥妮都无法入眠，想着如果她早到半个小时，一切也许都会不同？要是换了别人，这一切最终会变得模糊起来，成为一段充满悔恨和眼泪的时光。

可西奥妮仍旧记忆犹新。十七岁那年，那些难熬的夜晚。她记得哭泣的每一个小时，每个噩梦里都有安妮丝惨白的脸、染满血污的双手、无神的玻璃似的眼睛。她记得每一次心理咨询和一路下滑的成绩。

最可怕的是，她知道当时的每个细节——记得每个细节，却不知道原因。安妮丝没有留下遗书，连她的父母在葬礼上也沉默无言。

"这是我的错吗？"西奥妮问，几乎像是自言自语，"她自杀是我的错吗？"她等他回答，"里拉和她的同伙杀死那些人，是你的错吗？"

她用力吸入一口气，喃喃地说："我原谅你。"

影子艾默里颤抖了一下。

"我原谅你，艾默里。"西奥妮重复道，"我看到了一切，我为你难过。我也不愿意看到这些悲剧。我也不希望发生这一切。"她眨眨眼睛甩掉泪水，把一声抽泣憋在喉咙中，"但我原谅你了。一切都会好起来。"

他动了动。西奥妮胸口涌上一丝暖流。她的话里有东西感动了他。她往前又走一步。

他再次咆哮起来，抓住她的上臂，将她甩向地板。

"你没有权力原谅。"声音低沉、生硬。

"那么，你就原谅你自己吧！"她大叫道，双手撑地坐起来。然后，她靠墙稳住自己，"每个人都有黑暗的一面！要不要走入黑暗是每个人自己的选择！你难道不明白吗？里拉走进去了，但你不用跟着去。你不是那样的人，艾默里·塞恩。"

"你是一个好人！"她大声说，声音像里拉刚才的一样，在四壁间回荡，"我认识你还不到一个月，但我能看出你是个好人！"

影子艾默里完全缩入了阴影。

"放手吧。"她哀求，"放下你的怨恨、愤怒和悲伤。也让我走吧。你不放手我无法帮你！"

围绕着西奥妮的办公室闪烁出红色和粉红色。空气中充斥着心脏跳动的"怦怦"声，越来越热，湿度也在不断增加。西奥妮眨巴着眼睛，发现自己又一次坠入艾默里的心室。除了虚弱的心跳，周围一片寂静。除了她自己和脚边"茴香"的碎片，四周空空荡荡。

西奥妮跪下，伤心地捡起每一张碎片，抚平边角，按照原来的折痕折叠。

"好'茴香'。"她把纸页小心叠加起来，为了不哭反而憋得喘不过气。她哭不动了，而且，就像她母亲说的，哭泣无济于事。

她把"茴香"放进挎包，拿出一片面包，勉强吞咽下去，只为了减轻腹中饥饿带来的痉挛。

她望向布满血管的瓣膜。

"再闯一次。"她向自己承诺，"再闯一次就结束了。即便没有找到通往自由的门，你至少努力过了。再闯一次，西奥妮。"

第十四章

她闭着眼睛往前钻，疲惫的身体穿过瓣膜时，感觉身边压缩收紧的血管就像伦敦动物园里的巨大蟒蛇。但西奥妮没有退路，她已经对影子艾默里说过，她不愿像只老鼠一样困在这里。她咕哝了一声，左脚用力一蹬，来到了瓣膜的另一边。

就像第三间心室一样，她才进入第四间心室就跨进了幻境，但这个幻境实在……不同寻常。西奥妮发现自己并不在一个房间、一个花园或者一座城市里。她有个感觉，这个幻境并不是出自记忆。她从未见过这样的景致。直觉告诉她，在真实的世界里，这样的地方并不存在。

数千里干涸的大地从她面前伸展出去。不算是沙漠，也不是任何一种有名称的地貌。只是倦怠的棕色大地,往四方延展,没有山脉、河流、森林。地表没有野草和土堆。大地一直延伸,与灰蓝色的天空相接,接缝处形成一条鲜红苍凉的地平线,线后的天空永远定格在日出的一刻。天空万里无云,没有任何其他颜色,没有飞翔的鸟儿和飘荡的种子,没有风。

西奥妮什么都闻不到,连灰尘和泥土的气息都闻不到。除了自己的声音,她什么也听不到——没有动物的爬动声、哨声、雷鸣、呻吟和恐吓,没有哭泣,没有雨,没有心跳。寂静包裹着她。无垠大地上无限静谧。

只有一样东西打破了无垠。只一样,让她这个在心脏里闯荡的人无法视而不见。

大峡谷。在她左边,一条大峡谷曲曲折折,穿过干燥、空无一物的大地。峡谷应该是……向北而去。其实无论朝哪个方向,在这里都一样。峡谷上方没有横跨的桥梁,峡谷里也没有河流奔涌。

西奥妮向峡谷靠近,步步都小心试探,确保地面结实。和大地的颜色相同的古铜色沙粒充溢着峡谷深处。西奥妮看得出,峡谷曾比现在还要深。她看见一把沙粒出现在半空,像下雨一样坠入峡谷。

西奥妮蹲下来,摸了摸峡谷边缘。手指粘不起半点沙粒,就算用指甲抠也没用。地面坚硬无比。又一把沙粒坠入峡谷,乍一看好像对峡谷的深度没有半点影响。但西奥妮知道,只要一直坠落,总有一天沙粒会填平峡谷。毕竟,要想平复一个人受伤的心,需要时间。只要时间足够，就可以将这样一颗伤痕累累的心修补复原。

"我要死了，对吧？"一个声音说。

西奥妮转过身，看见了艾默里·塞恩。他身穿靛青色外套，模样仍是晚宴和教堂里的模样，但却更……疲倦。肩膀耷拉着，眼睛下有黑眼圈，身体还微微有点儿半透明，但西奥妮没有告诉他。

真实的艾默里·塞恩，他光明的一半，西奥妮可以与之交流的一半。

她回答说："是的。"

他静静地点点头。

"但如果你能帮我出去，也许我能救你。"她补充说，"这一路走来，我总希望最后有一条路可以离开。"

艾默里的目光扫过无垠天地，"她太强大了。我从来无力阻止她，阻止其他血割者。"

"如果我俩齐心协力，我们能阻止她。"西奥妮试图说服他，但与此同时，另一层担心击中了她——怀疑。这间心室承载的一定是艾默里的怀疑和悔恨，就像第二间心室承载的是他的希望一样。心脏用黑暗对光明，用怀疑对梦想。一切都小心翼翼相互平衡。可她被困在了这中间。"不过，我必须先得到你的帮助，艾默里。我还只是一个学徒，学习的时间也不长。"

"哦。"他应了一声，既不同意也不反对。他看着她的挎包，"我能看看它吗？"

　　西奥妮愣了一下才明白他的意思。她小心翼翼地从包里取出"茴香"，把撕破的小狗交给艾默里。

　　艾默里检查着碎纸，扬起嘴角。他伸出一只手。西奥妮又愣了一秒才明白他要什么，急忙哆哆嗦嗦地伸手从包取出一页纸递给他。

　　他熟练地折叠着，抚平揉皱的地方，施展魔法重新折好，把块块碎片拼接起来。西奥妮递给他第二页纸，第三页纸，看到艾默里折好"茴香"的头时，不禁拍手喝彩。折得和原来一模一样，无比完美。

　　艾默里把小狗交给西奥妮，西奥妮小声发出咒语："呼吸。"

　　"茴香"晃了晃脑袋，在西奥妮的手里扭动着，要她把自己放下来。西奥妮笑了，抱紧了小狗。"茴香"伸出舌头，舔了两下她的脸颊，接着又扭动起来。西奥妮刚放下它，它就在她身边转起了圈子，拉伸四肢。

　　"谢谢你。"她笑着抹了抹眼角，"谢谢你。"

　　他点点头，算是礼貌回应，接着，他看向粉红色的地平线，似乎并没有注意到身边的大峡谷。

　　"你也许不能活着出去了。"他说，"真是那样的话，就是我的错。"

　　"我记得我说过这与你无关，"西奥妮说，"是我自己要救你。"

　　"那样的话，你就是自己把自己害了。"他回答道。

　　西奥妮仔细想了想，说："艾默里。"

　　他看了她一眼。

"我想，即使我被留在这儿，你也能打破魔咒。"她犹犹豫豫地说，"毕竟，这是你自己的心脏，对不对？你比任何人，特别是比里拉，更有权力选择。不然的话，你怎么能跟我说话？"

她捕捉到他嘴角微微一翘——几乎是个微笑，但沉重的疑虑压碎了这个还没来得及成形的微笑。

他没有回答，西奥妮只好继续说："你能……破解吗？那个囚禁我的魔咒？你知道那个魔咒是如何施法的吗？"

"不知道，"他回答，"不过，我能感觉到它。我想我还是能破解它的，不过，这会让我……疲倦。"

"疲倦？"西奥妮问，这个词让她想起自己也很累，"会……伤害你吗？"

又一次，艾默里嘴角几乎笑了。撇开他的悲观，这个版本的幻象比其他版本更接近真实的艾默里·塞恩。他说道："我会想办法的。"

西奥妮唤回"茴香"。她感到轻松了些，有了点儿力气，好像最后这个尽是怀疑和悔恨的心室并不存在。好像此刻，她自己那个充满希望的心室加在了这上面。如果真有机会，她一定会加的。

"我要你教我几个新法咒，"她说，"任何可以即学即用的法咒。你教了我很多，但是……"

"但是都不足以对抗血割者。"他点头说，"我知道。"

艾默里认真想了想，一根手指弯曲起来，顶住下巴，"你还剩下多少页纸？"

她从包里抽出那一摞越来越少的纸，递给艾默里看。

他检查纸页，数着页数，目光随着手指跳跃，最后叹了一口气，说："我教你一招吧，这一招本来不该教的。"

"在这种情况下，没什么不可以的。"她急促地说。

他点点头，"事已至此，不过，一旦一切结束了，你就应该假装从未学过……不管我们俩谁活着。"

"我们都会活下去的。"她微微一笑，想让他宽心，"我知道我们会的。我自己也想了些办法，只是不知道它们会不会奏效。"

她跪在地上，把那一摞纸放到身边的地面上，沾满泥土的裙子压在膝盖下。没办法，她没有桌子，弄脏了的纸应该和干净的一样有效。

艾默里看了片刻，眼里没有往常那种期望。他的表情还是让人一望而知：好奇。带着怀疑，但还是好奇。终于，他问道："你这样做究竟是为了什么？"

西奥妮一下子怔住了，一只手垂在纸页上。"茴香"用鼻尖蹭着她的手肘。"你指什么？"

他指指四周的一片荒凉空荡，"这里。这一切。你为什么要跑到这里来帮我？"

她感到脸颊发热，于是侧过头去，假装抚摸"茴香"。她想，自己可以向这个艾默里·塞恩倾吐心声。她永远不会把这些话告诉真正的艾默里。想到此时对话的艾默里只是一个由痛苦的心脏虚构出的人,她便找到了些许开口的勇气。

"因为我觉得我爱上了你。"她承认,感觉脸颊如朝阳一样鲜红,"我知道我才认识你不久,但这一切……"她抬起脸,目光到达地平线与天空相连的地方,"我感觉我已经认识你很久了。我不知道有多少女人可以说自己曾经走进爱人的心,但我走进了你的,艾默里·塞恩。而且,我也喜欢小狗'茴香'。"

除了嘴角微微一翘外,他的表情没有变化。这一翘几乎是个微笑,但很快便消失在之前那种平直、怀疑的嘴唇线条里。

"哦。"艾默里说着,在她对面跪下,挽起宽大的袖口。这完全不是西奥妮期望的反应,不过总比没有反应好。他继续说道:"这么做真是先难后易,这么早就教最复杂的。再说,这个咒语本来不该传授给你的。"

西奥妮点点头,拿出一张海蓝色微微带绿的纸页。

他的目光注视着她,"你知道当纸页超速振动时,会发生什么吗?"

"发生我不该知道的事情。"她猜着回答。

"正确。"他回答,"不过,先让我给你解释解释……"

第十五章

　　终于，西奥妮把最后一张折好的魔法纸塞进挎包，动作小心，尽量把很多用得上的东西都按顺序放好。现在，西奥妮对艾默里的那套整理方法的理解又进了一步。他们并没有用到每一页纸，只是用了大部分。用魔法折好的东西把挎包撑得满满的。西奥妮的手指飞快地掠过绕在身上的盾链，捏一捏每一个环扣，确保万无一失。一连检查了两遍，她这才吹了声口哨，叫"茴香"跟上。

　　艾默里闪到一侧给小狗让路。干燥平坦的大地上覆盖着一层薄薄的灰，"茴香"用高超折术折叠的脚爪在地上留下四趾脚印。不过脚印很快就消失了，如同它们的出现一样。

　　"我要你把自己折起来，'茴香'。"西奥妮说。小狗呜咽了几声，她只好补充道:"我不愿意你再被伤害了。外面湿漉漉的。就折起来一小会儿。"

"真的?"艾默里又一次瞟过苍茫世界,"只会是一小会儿吗?"

西奥妮温柔地对艾默里笑了笑,命令"茴香":"终止。"

在她怀中,"茴香"突然静止不动,西奥妮长着小雀斑的手轻柔地把小狗折叠起来。"其实,你怀疑的这面并不强大,"她说,"你应该对很多事都充满信任的。"

艾默里没有回应。

西奥妮把"茴香"塞到包里最底层,说:"我想,我的心脏和你的相比会有很多不同。我的会有更多的悬崖和颠簸的道路,路上有意想不到的弯道。也许还有狮子。我曾经怀疑过不少东西。"**也包括你**。

"但你没有裂缝。"艾默里说。

西奥妮转过头,望向大地上断裂的巨大鸿沟,猜想从她开始学习速成魔法到现在,大峡谷里又坠进了多少沙粒。"有很多很多裂缝,但没有峡谷。还没有。"她强调了一句。**我猜会不会有峡谷鸿沟,全取决于你**。她立在原地,拂了拂裙子——根本没法拂干净,然后第三次检查盾链以及挎包带上的缝线是否牢固。她记住了包里各种魔咒纸页的位置,一旦需要,她可以准确无误地快速取出。

"祝你好运。"艾默里说。

"谢谢。"她回答,"但是你又如何……"

西奥妮转身想面对艾默里,却只看到了大峡谷后宏大的拂晓,还有一望无际的空旷。纸魔法师——这里的艾默里——已经消失了。

没等她回过神来，大地开始震颤。为了站稳，她伸手四处乱抓，可这地方除了虚空还是虚空，她什么也抓不到。

大地的震颤一次比一次猛烈，像一头进行驯牛表演的野牛，猛然跃起前后摇晃。西奥妮从峡谷边后退两步，忽然一晃，单脚跪地，手掌在坚硬的地面擦破了皮。大地开始消退，露出下面血淋淋的肉。

幻象缓缓坍塌。天空崩溃，如玻璃破碎。心脏"怦——怦——怦"的跳动无比响亮，震颤着西奥妮的内脏。脉搏加速，最后的幻象陷落。

艾默里心室的墙壁抽搐着、激荡着。跳动变得无序，西奥妮的呼吸急促起来。这听上去不对劲，感觉也不对。会不会为了放她走，艾默里的心脏开始了自我毁灭……

她的双手瞬间冰凉。一个没有艾默里·塞恩的世界。直到一个月前，她的世界里根本没有他，但是现在，如果要她回到从前……西奥妮越想越难受，几乎崩溃。

环绕心室边缘的血液之河突然充血隆起。空气更加酷热黏稠，西奥妮仿若被悬吊在一桶沸水之上，就要被蒸煮。心脏一会儿把她挤向这边，一会儿挤向那边，西奥妮感到自己正在坠落。

她侧身落地，左脸撞在了潮湿、粗糙的岩石上，凉爽的空气包围着她，在她的衣裙和皮肤上徘徊。嘴里有股咸味儿。她听见水流的哗哗声，还有喷溅声——那是海浪在拍打岩石。

漆黑的洞口滤进苍白的阳光。海鸥尖锐的叫声让她清醒过来。

她自由了。

"你逃出来了。"她对自己小声说，支撑着站起来，跑向洞壁上的血洼，那里仍旧盛着艾默里被魔法之血浸泡的心脏。心脏仍在跳动，但比原来虚弱了许多。如果她快点，还可以救他。

她希望如此。

她把目光飞快地转回洞口。早晨？拂晓？难道她已经在心脏里待了整整一个晚上，或许是两个？疲惫挤压着她的身体和大脑，她无法判断究竟待了多久。

西奥妮干噎了一下，这才意识到自己渴得厉害。

她走向心脏就像牧师走向圣坛。想让这颗心活着返回伦敦，需不需要那一池闪闪发光的鲜血？心脏被里拉挖出来之后，并没有被她施过咒语，却仍在跳动——至少西奥妮没有看见她施咒。对于魔法师的心脏，西奥妮知道一点点，但对于血割术，她全然不知。

她得找个东西盛放魔法师的心。她正想着，带着咸味的空气烧灼起来，刺痛了她的鼻子，手臂上的金色汗毛也竖了起来。西奥妮舔了舔嘴唇，转过身，看见了里拉。里拉深色的头发卷着大波浪，完美地垂在肩头，暗色的眼睛眯起来，就像无光的杏仁，红色嘴角挑着讥讽。

西奥妮镇定下来，从心脏旁走开。她不能在躲避里拉的攻击时，让她伤到那颗心。她必须保护艾默里的心，尤其不能让它再受到这个不珍惜它的女人的伤害。

不知道里拉看到西奥妮是不是很惊讶，反正她没有表露出来。她苍白的肌肤泛着红色，异常美丽，也许是出于愤怒，也许是憎恨。西奥妮不能确定——她从未面对过这样的愤恨，没看过到这样程度的。

西奥妮先开了口。

"别过来，里拉。"她说道，站直了身体，尽量让自己五点三英尺的个头看起来高一些，"趁你还有机会，逃跑吧。"

里拉露出了微笑，像极了就要撒泼的野猫，"不把两颗心一起带走，我是不会动身的。即便我只把你的交给格拉斯，他也会觉得赚了。"

她举起一只沾满鲜血的手——究竟是她的血还是别人的，西奥妮无从得知。与此同时，三只未死的断手从凹凸不平的岩石地面上伸了出来，仿佛是山洞的地面释放了它们。

西奥妮感到气管一下子缩紧了，她想起了这些手在脖子上留下的瘀痕。有那么一瞬，她觉得自己都麻木了。还好，艾默里心脏的跳动声把她拉了回来，强迫她行动起来。

里拉穿过岩洞直冲过来，一路泼洒着血液。西奥妮急忙把手伸进挎包。那些指头短粗肿胀的未死之手如同空中的飞鸟，挥着无形的翅膀，和里拉一起向她冲来。

翅膀。

鸟儿。

西奥妮的手指抓住了折术施咒的纸鸟，将它们抛出挎包。"呼吸！"她用尽力气喊道，"攻击！"

其中两只摇摇晃晃地坠落在地，就在西奥妮刚才从心脏里逃出时摔落的地方。但另外还有七只，正方形的身体，脑袋向前，在她的命令下迸发出生命力。橘红色、黄色、褐红色、白色、白色、白色，还有一只灰色。它们扇动翅膀，在岩洞里翱翔。鸟儿们向前伸长脖颈，冲向里拉没有身躯的爪牙。西奥妮几乎可以听见它们在袭击之前发出的战斗鸣叫。

一只鸟儿不停地撞击断手；另外两只同时袭击一只腐烂了一半的断手，一只啄拇指，另一只攻击无名指。在西奥妮四步之外，被鸟儿围捕的断手砸落在地。

西奥妮精神高度集中，肾上腺素充斥全身。她得离开这个山洞。在这里作战，离艾默里的心脏太近。可里拉挡住了出口，准备发出她的第二轮血咒。

西奥妮已经准备好了。

"把注意力集中在目标上。"记忆中传来艾默里刚才教授的话语，"像感知你阅读时创造的画面一样，感知你的法术。只要你做到了，那些星星就能击中目标。"

西奥妮从包里抽出五颗四角星，它们都被折得很紧。因为折得紧，即使包被压皱了，星星也能毫发无损。她对准里拉念念叨叨的嘴唇和鲜血淋漓的双手甩出星星，然后跑向洞口。

星星在空中旋转，如同夏日风暴里的玩具纸风车。西奥妮没有看它们是否击中了目标，但里拉无法克制的尖叫已经说明了一切。

絮状云层后投下晨光，刺痛她干涸的双眼。汹涌的海浪拍打着下方岸边的黑色礁石，大海看起来如此深邃，可以吞噬一切。

西奥妮在崎岖的海岸边狂奔，海水溅起的水雾包裹着她。一条琥珀色的海藻缠住了她的脚，然后又松开，仿佛知道她的急切。

还未跑远，一条血带呼啸着追上来绕住她。缠在西奥妮身上的盾链坚硬起来。鲜血冒着泡、打着转从她身边弹开，在潮湿的岩石上砸成碎末，留下蜘蛛网形状的血痕。血咒喷溅起的血沫落进西奥妮喉咙里，像金属的味道。

里拉咆哮着，从腰带上抓下一个灌满鲜血的小瓶。她的血越来越少了。"尽是些小把戏。"她狞笑着说，"你真的以为几片碎纸就能阻止我吗？"

她往前一步，长长的指甲撬开瓶塞，将瓶里的东西倒入手心。血液在她掌心流动，滴落在脚下。

"已经是第三次了。"西奥妮道。里拉向前一步，她就后退一步，"是的，我觉得能阻止你。"

里拉居然露出了甜蜜的笑容，有那么一刻，西奥妮明白艾默里为什么会被她吸引了。但她拧起的眉头让笑容变了味。她皱着眉头，鼻翼翕动着，用一种古怪之极的语言发出咒语，像板球发球一样奋力甩出血滴。

西奥妮的手迅速探进挎包，绷紧身体，准备迎接里拉的攻击。

攻击却来自后方。

红色的波浪宛若诡异的飓风，砸向她的后背，冰冷、汹涌，差点儿把她撞倒。犹如被火烧一般，一阵疼痛从腹部蹿上头顶。她跑起来，想躲开海浪，害怕被卷入大海，但海浪的目的已经达到，她已全身浸湿。

她感到盾链的力道在流失。肩膀上的两环断开了，纸链垂挂到脚踝，成了湿乎乎的纸浆。她觉得就连自己的血也将随着海浪漂走。她颤抖着把手伸进衣兜，拉出一件又一件被毁掉的魔咒：纸术的鱼、艾默里在她折叠星星时做的混乱球，其功能是制造混乱，引开对方的注意力——都毁了。

她的手忽然摸到"茴香"旁边对称的菱形折纸。这些折纸，还有"茴香"和一条捆绑魔链。那些被毁掉的魔咒挡在它们外面，让它们保持着干燥。那一摞薄薄的尚未用到的纸张同样起了保护作用。谢天谢地。在她的触碰下，它们跃跃欲试，蓄势待发。

里拉逼近西奥妮，如同野猫追逐着蚱蜢。西奥妮扔掉湿漉漉的魔咒，蹒跚后退，竭力把血割者和她血腥的双手挡在岸上。她的心脏在胸腔里狂跳，皮肤发痒，喉咙干涸得让她直噎。

她宁愿再次面对艾默里的影子，也不愿待在这儿，如此孤立无援。可她不能跑掉，不能撒手不管。不能就这么回到艾默里身边，看着他空洞的胸腔，看着他的身体渐渐变冷。

"你真是软弱，像他一样。"里拉轻蔑地说，"没用的废物。所有折匠都是。艾默里从未有过真正的法力，你也不例外。"

西奥妮不再后退了。她不愿再做一只被困的老鼠，或者一只蚱蜢。她的脚后跟抵住黑色礁石。虽然手里没有了混乱之球，她还有其他办法可以拖住里拉的攻击。

"他在帮你藏身的那个晚上就签了离婚协议。"她说，装出沾沾自喜的表情，"你并不是像你想象的那样，控制了一切。"

里拉的表情丝毫没有变化，但西奥妮还是捕捉到了她左边微微挑起的眉毛。里拉仍在走近她。西奥妮努力站稳，不管后背大滴滚落的汗水。

"你早已不在他心里了。"西奥妮继续说，"现在的你已经被他抛弃了。从监狱那一刻开始，你就被抛弃了。难道你没有发现？"

在距离西奥妮八九步的地方，里拉停住了脚步，眼睛眯成细缝。她看起来像条蛇，一条蜷曲的、随时要发动攻击的眼镜蛇。西奥妮击中了血割者的自大……或许，在里拉深不可测、幽暗无光的内心深处，她还惦念着艾默里。

不。绝不会是惦念。没有人因为还惦念着谁就挖走他的心。不，对于里拉，艾默里的心只是一件纪念品，一个奖杯，一次在被追捕后的变态复仇，一件她觉得应该占有的物品。艾默里曾经是里拉的爱人，但此时他已成了她的毒药。她的报应。她的天谴。

她有的，只会是恨。

如鹰隼一般，里拉从腰间"嗖"地拔出匕首，过于急切而撞斜了刀鞘。她握着匕首，曲起的手臂像一只折断的翅膀。她冲向西奥妮，但虚晃了一枪——她并没有用匕首袭击，而是伸出了另一只沾满血液的猩红的手。

"你必须明白，派翠丝，血割者全都诡计多端。"西奥妮想起了魔法师休斯说的话，"而且极度危险。他们能从你身上抽取魔力。那是杀戮的魔法。"

西奥妮闪到一侧。她的右脚卡在了两块礁石中间，身体往前倾倒。里拉的手从西奥妮刚才站立的地方挥了过去。西奥妮猛一用力，终于抽出脚，鞋却卡在了那里。尖锐的礁石刺透她被泥水浸湿的袜子，磨着她的脚底，但面对里拉，她根本没有时间放慢脚步。

里拉转过身追来，匕首在空中挥动。西奥妮向后跳开，差点被从胸前呼啸而过的刀尖刺中。西奥妮冲进海里，站在尖锐的礁石间，从挎包里抽出了纸术滑翔机。

滑翔机在她手里散成了几块。海水已经毁了它。

里拉蓄力。西奥妮颤抖着爬向地势稍高的地方，躲开里拉的手，不让它碰到自己。西奥妮搜过包里的所有物品，终于找到了一件可以用的。

"呼吸！"她对一只纸折蝙蝠发出命令，蝙蝠扇动翅膀跃入空中。也许蝙蝠和"茴香"一样，能够敏感地捕捉到危险信号。它不需要更多指令，径直向里拉的鼻尖俯冲过去。

西奥妮抓出捆绑魔链，链子由两根细链编织组成，细链上的每一环都是 V 型扣，环环相连。这是艾默里在怀疑心室里教她的第二个魔咒。

里拉已经抓住了空中的蝙蝠，揉碎了它的右翼。西奥妮转过身，头发披散。

"捆！"西奥妮对纸链发出法咒。

如同深海中冲出的巨鲨，捆绑魔链从她手中飞出，冲向里拉……

里拉挥起匕首，一刀砍下。魔链被砍成大小不等的两半，断片飞落在礁石上，如同离开水面的鱼儿。

"我说得一点儿没错，"里拉说着，稍微有点喘，"你们根本没有法力。"她向前一步，边走边从腰间取下最后一小瓶血，洒在脚下。一股猩红的旋风将她包裹起来——这正是她在挖走艾默里的心后逃走时所用的魔咒。

但这次她没有逃，而是蓦地出现在西奥妮面前。两人只隔一步。

西奥妮每呼出一口气，都觉得喉咙里仿佛有利爪在向外挖。她的手探进挎包，抓住那些菱形，她最后的魔咒……

里拉抓住了西奥妮的手肘——肌肤贴着肌肤——把刀尖顶在西奥妮的下巴上。

里拉咧嘴一笑。

西奥妮不管刀锋，筋疲力尽的手臂用尽全力将里拉推开，从挎包里抓出一个看似简单的菱形魔咒。

"你知道当纸页超速振动时，会发生什么吗？"

里拉咆哮着冲向西奥妮，将她推到另一块被海水侵蚀的岩石上。里拉的手卡住西奥妮的脖子，刀尖顶住她的肋骨。她嘴里呼出的气息血腥、冰凉，如同生锈的钱币。

里拉开始念咒，西奥妮忽然感觉到了温暖。夸张的温暖。过分的温暖。里拉古老的法咒似乎在西奥妮的灵魂深处悸动。

西奥妮无法脱身。她紧紧抓着艾默里的菱形魔咒，但无法脱身。

她必须施展法咒。此时。此地。

"迸发。"西奥妮小声发咒，射出菱形魔纸。

菱形魔纸开始振动，速度越来越快，发出像大黄蜂一样的嗡嗡声，慢慢地，飘落在地面。接着，嗡嗡声开始增强、变高、更加响亮、更高……

菱形魔纸像烟火一样迸发爆炸，犹如被活塞堵住的枪管，子弹由内而外炸裂开来。爆炸将西奥妮掀到悬崖一侧的小径上。嶙峋的岩石穿透衣衫，刺入肌肤。她手肘后臀着地，嘴里全是土。

刹那之后，万物变得白亮，就像早晨的太阳。之后，颜色、形状和影子渐渐回到眼中，她的耳朵里猛然响起高频的声响，如同一把振动的音叉，永不停止。

她支撑着站起来，手臂弯曲，后腰僵硬。布满礁石的海滩在她眼里前后摇晃。她感到太阳穴应和着脉搏一起颤动:怦怦——怦。

艾默里。

越过礁石,在海浪拍打着的沙滩上,里拉啐了一口,手脚并用,颤颤巍巍把自己从地面上支撑起来。几缕头发粘在她脸颊上,乌黑潮湿。

西奥妮强迫自己也站起来,靠在岩石上。晨光在倾斜旋转。耳朵里传出不间断的高频声——大概是 B 大调——在头颅里震颤。

她必须行动起来。里拉已经碰到了她——爆炸只是暂时中断了她邪恶的咒语。西奥妮必须赶在里拉重新积聚力气施咒前行动。

地上散落着浸湿了一半的纸页,它们是从西奥妮的挎包里掉出来的。里拉的匕首落在她俩之间。几只海鸥哀号着飞向大海,急于离开这个爆炸的地方。

海洋仍在西奥妮的视线里摇晃,她不顾一切地冲向匕首。里拉从遮住眼睛的头发缝隙间辨清方向,也跌跌撞撞奔了过来。

两人的手同时向匕首伸去。

西奥妮的手指首先抓住了刀柄。

刀柄出奇地沉重,西奥妮用力举起来,发出一声野兽般的嗥叫,手高举过顶,划出一道毫无美感的弧线。她向前猛刺,感觉有什么东西从后面拽住了她,但却没能拉住。锋利的刀刃干净利落地刺了出去。

里拉厉声尖叫。

鲜血如雨般喷溅在海滩上。里拉蹒跚后退，慌忙地抹着从刺开的脸颊和空荡的眼窝里流出的血液。

匕首从西奥妮手中掉落。她觉得胃里翻江倒海。里拉再次尖叫着挥舞着拳头冲过来，反手打在西奥妮的下巴上。

西奥妮往后摔去，双手硬生生地撑在地上。里拉跪了下来，大口喘气满嘴咒语，指尖染满鲜血。她试图念咒愈合伤口，但每说一个字都令她剧烈咳喘。她的血四处喷溅，染红了浅洼和细流，染红了地衣，染红了岩石和纸页上的凹痕。

纸页。被揉皱，被海水打湿，被撕破，被血迹浸透。

尽管全身麻木，西奥妮还是伸手抓起其中一页，它的边缘看起来还未完全湿透。里拉的鲜血正缓慢浸入纸页纤维。

她的手，确切地说是食指，碰到了那些血——那身体之墨。一瞬间，她感到思考的力量被抽空，脑海里一片空白，别无他物。她什么也没想，可是，那个咒语就像永不会褪去的思乡之情般出现了，仿佛咒语一直就等在那里。除了咒语，别无他物。

她写下了四个字，用颤抖但响亮坚定的声音，铿锵读出：

"里拉冻住。"

里拉不动了。

西奥妮盯住一动不动的里拉。她躬着身，捧着被毁了的脸，犹如触须般的寒冰爬上她的双腿。她的咒怨和喘息都消失了，嘴唇停在一次呼吸的进程之中。她狂乱飘散的头发脱离重力，定格在空中，好像被人用胶水黏住。

西奥妮目瞪口呆。她觉得念出法咒的过程就像一场幻象，就像那本《勇敢的皮普逃亡记》。但这不是故事。如果是，也是她的故事，而不是从别人的故事里创造的图像。

她盯住自己流血的手指，脑中一片空白。她的目光返回那页纸，边写边念："……永远不会再动。"

里拉的雕塑静止。

西奥妮站着，任由那张带血的纸飘落到岩石上。一小股海水打着转，轻轻拍打着纸页上的字，将它们吸入大海。她后退几步，离开里拉。接着，她看到海里冒出一点棕色。她不用眯眼细看就认出了那个形状。

是一条船。船上有两个人，隔得太远辨不清模样。一个摇动双桨，桨片协调地拍打着船只两侧的海水。另一个跪在船头，眺望着前方海岸。

西奥妮忽然想起她刚刚赶到这里时看见的那只被缝在一起的海鸥，全身猝然绷紧。那只海鸥是被人派来的，这两个人呢？船只在接近，她迫使自己迈开双脚。

她转身向山洞走去。她的内心渴望奔跑，但她的身体却全然拒绝。身体没有破碎，可感觉却像碎裂了似的。疲惫至极，就像手脚已不再属于自己了。

她踉踉跄跄进了山洞，一只手扶着洞壁往里走，直走到盛放艾默里心脏的水洼前才停下脚步，大口喘息。

她检查了挎包，除了"茴香"，里面全空了。她在心里默默感谢"茴香"，发誓只要一有机会，她就让它复活。之后，她把"茴香"拆开，小心保留了身体部分，疲倦地施展纸咒，重新叠出活力之链的几个链环，让长度刚够绕过一颗成年人的心脏。

西奥妮离开山洞，赶在船只到达海岸前爬上岩石。她没有回头张望，找到滑翔机，爬进去，向伦敦飞去。在她怀里，紧贴着自己心脏的，是艾默里的心。

第十六章

　　风吹拂着她躬起的身体和麻木的双手，西奥妮的心早已飘回了艾默里的家。在她离开的这段时间，他会不会撑不住了？她会不会已经太晚了？一颗赋生的心能不能支撑一具非赋生的身体活下去？

　　他的心贴着她的，微弱地跳动着。自从她把它从水洼里拿出来后，这颗心的活力又减少了一些。

　　但她还有时间。她能确定。这个故事不应该以悲剧结束。

　　现在，魔法师阿维斯基、休斯和卡特肯定已经发现她不在了，但她丝毫不关心会有什么后果。她一点也不后悔离开的这个决定，就算她笨手笨脚做的那颗纸心无法拯救艾默里，她也毫不后悔。她祈祷那颗纸心能坚持下来。

几位魔法师都没有关上艾默里屋顶上那扇门。滑翔机甚至不需要西奥妮指挥，它先是向上攀升，然后俯冲，最后优雅地降落。它知道主人的家。

西奥妮松开抓紧把手的僵硬的手指，在身上揉了揉，让指关节活动起来。她感到有些飘忽，就像踩在云端，但却一点儿也不梦幻，反倒是空空荡荡的。

地板在脚下咯吱作响。挎包在身体一侧甩动，像被遗弃的古董钟的钟摆。她感觉自己也像是纸做的。她走下二楼，身体倚在楼梯底端的墙壁上，把艾默里的心贴近胸口，绕在心脏上的那一小截活力之链已经被浸成了红色。她的一只鞋卡在了海岸边的礁石中，那个地方她一刻也不愿多待，也顾不得回去捡。她的脚现在只穿着袜子，踩在地上疼痛不已，却没有任何脚步声。

她经过艾默里的房间。房门开着，床空着。他们肯定把他留在了原地。他就在楼下，还活着。等她。他们不会不等她回来就将他埋葬吧？毕竟，她也没有离开那么久。

不是吗？

走过藏书室、盥洗室、自己的卧室，她走上通往一楼的楼梯。

魔法师阿维斯基打开了门，就在她下方，距离她八级楼梯。

"西奥妮·特维尔！"她大叫起来，像个担心的母亲，又像皮肤感受到了第一场春雨、如释重负的农夫。她的眼睛睁得和正餐时使用的大圆盘一样大。

看见西奥妮的模样，魔法师阿维斯基脸色发白，正想奔上楼梯，西奥妮的话让她顿时停住了。"我没受伤。"她说，是的，她算不上受伤，身上滴落的血不是她的。

她把艾默里的心轻轻往前送了送。魔法师阿维斯基捂住了嘴巴。"这不会就是……"喃喃的话语溜出指缝。

西奥妮走下最后八级楼梯，经过阿维斯基时，魔法师没有拦她。西奥妮没有气力再争执什么了，一点儿都没有。她没看见魔法师休斯和卡特。

一见到艾默里，真正的艾默里，她的心跳加快了。他躺在厨房地板上临时拼凑的床上，和她离开时一样。他的皮肤，差一点儿就只剩下死亡的苍白了；他的嘴唇差一点儿就发紫了；他的双眼，差一点儿就空洞了。

还好，是差一点儿。她做的纸心仍在他的胸腔里跳动。

魔法师阿维斯基关上门，问出了西奥妮心中同样的问题："会有用吗？"

"我不知道。"西奥妮小声说。连这么有经验的魔法师都不知道，这令她害怕。如果没用怎么办？

她绕到艾默里左边，跪到他身旁。她一只手托着他的心，另一只手解开他的衬衫。他的身体很凉，但尚未冰冷。

"魔力还没有完全消退。"她说。如果没有魔法，没有谁的心脏可以在脱离躯体之后仍旧跳动。里拉的法力的确强大。希望她的法力能够坚持到最后。

她把心放到他闭合的胸腔之上。艾默里的皮肤散发出里拉魔咒残余的金光,胸腔忽然打开了。如果不是亲身进去过,西奥妮肯定会被打开的胸腔吓住。

"我离开了多久?"她问道。胸腔里,浸透了血的纸心衰弱地跳动着。

"一个晚上。"魔法师阿维斯基回答,声音小得几乎听不见。

西奥妮点点头,把手伸进艾默里尚还温暖的胸腔,拉出那颗纸心,再放入他自己的心脏。

艾默里的脊背猛然躬起,大声吸入一口气。胸腔忽然闭合,西奥妮差点儿来不及收回手。金色的光消失了。

西奥妮屏住呼吸。艾默里一动不动,似在沉睡。

她把耳朵贴到他的胸口,倾听心跳。然后,她听到了困倦的、稳定的怦、怦、怦。

她露出了微笑。除了这点微笑的力气,她再也没有其他气力了。

"他会没事的,不过得请个医生来看看。"她说,声音又轻又缥缈。她把艾默里额头上散乱的头发轻轻向后拂。魔法师阿维斯基站在床尾。在女魔法师的注视之下,西奥妮俯身吻了吻他的脸颊。

"特维尔小姐——"西奥妮站直的时候,女魔法师喊了一句,但不管她想说什么,她都没有把话说完。也许西奥妮看上去太糟了。也许魔法师阿维斯基认为这个吻是出于悲悯。再或许,是因为西奥妮那双仿佛一夜间上了年纪抖个不停的腿。

西奥妮离开了魔法师艾默里·塞恩，她能感到魔法师阿维斯基落在她脊背的目光，一路跟着她。她勉强支撑着上了楼，在自己的床上倒了下去。

醒来时，西奥妮感到骨头里好像被灌了铅，额头正中隐隐作痛。酸痛已经侵入肌肉，尤其是双腿和手臂——明天还会更疼的。她感到背部灼烧的点点刺痛，那是在浑浊岛海岸边岩石上剐蹭过的地方，伴着脉搏，一跳一跳地疼。她的胃，虽然不大，此刻却在咕噜咕噜呼唤着食物，可她的嘴里却干得咽不下任何东西。

有人递过来一杯水。

她不认识跪在她床头的这个男人，站在他身后的魔法师阿维斯基扶起她，在她脑后垫了一个枕头。西奥妮四五口就喝光了杯子里的水，却还觉得口渴。

她注意到陌生男人的脖子上挂着圆锥形的听诊器。他大概五十岁左右，头发秃得厉害，戴着一副圆边眼镜。她猜这是魔法师阿维斯基请来的医生。可她要魔法师请医生来，并不是为了自己呀。

窗外的晨光告诉她，她已经睡了好一会儿。

"严重脱水。"医生说，拍拍西奥妮的手腕，"擦伤很厉害。需要好好洗个澡。不过，你会活下来的，特维尔小姐。"

西奥妮清了清嗓子，"艾默——塞恩——魔法师塞恩，"她结结巴巴，在魔法师阿维斯基的注视下感到两颊发烧，"他没事吧？"

魔法师阿维斯基说："跟你原来的想法一样，特维尔小姐。他只要多休息几天就能康复。纽泊德医生已经看过了。"

西奥妮长舒了一口气，深深地靠进枕头里。纽泊德医生倾过身，把听诊器放到她前胸，动作大大咧咧，倒是挺熟练。他点了点头，说："二十四小时内只能吃流质和很软的食物。如果想吃硬的，就嚼嚼，但千万别咽下去，除非你想得胃痉挛。"

他的手在一个包里掏了掏，包被补过很多次了，西奥妮看到黑包上的缝线是好几种不同的颜色。纽泊德医生从包里掏出一个浅罐，里面装了些绿色啫喱。啫喱看起来很像塔吉斯·普拉夫医务室里的芦荟霜。

"这会让你的擦伤好得快一些。"他说，"一天两次，或者一疼就擦。"

"那么艾——魔法师塞恩呢？"她问。

"他没有伤。"纽泊德医生回答，"魔法造成的伤口不是普通伤口。要恢复需要花很长时间。如果他醒来后举止异常，就立刻叫我。"他伸出一根指头警告道，"最好让他自己醒来。人的身体一般都知道需要什么，用不着人为干涉。"

"可我怎么才能知道他是举止异常？"西奥妮问，"他本来就是个举止异常的人。"

魔法师阿维斯基咯咯一笑，西奥妮发现自己也笑了。阿维斯基笑出第二声的时候，西奥妮褪去笑容，努力把通红的脸藏到魔法师看不到的地方。

魔法师阿维斯基问医生："你今晚能不能再过来看看他的情况？"

纽泊德医生摇了摇头，"不，不用，我觉得没这个必要。他看起来很稳定，特别是现在，他回到了自己的床上。我可不喜欢病人躺在地板上。"

"我能照顾他。"西奥妮说着坐起来，引发背部一阵疼痛，"我可以的。不就是坐在那儿盯着，确保他没事就行，对吧？"她看看医生，又看看魔法师阿维斯基，"我是他的学徒，而且我也没怎么受伤。我知道你很忙，魔法师阿维斯基。"

阿维斯基的嘴唇抿成一条细线，西奥妮说不好这是不是针对她那一番话的，毕竟魔法师阿维斯基向来喜欢抿嘴。

"这是突然从混乱不堪转为平和安定，还真是够快的。"魔法师说，"我还真有点儿措手不及。纽泊德医生，如果你觉得西奥妮的建议没问题，我也不会反对。"

"没问题。"医生说，关上包咕哝着站起来，"如果有什么事，就通知我。"

"也通知我。"魔法师阿维斯基对西奥妮说，双手背到身后。她还穿着西奥妮昨天见到她时的衣裙。她一接到消息，那么快就赶来了，西奥妮为此很感谢她；也感谢她在别人都抛下艾默里让他等死时，还留在他的身边。

西奥妮笑了，"绝对会。有任何变化我都会告诉你的，魔法师阿维斯基。我保证。"

阿维斯基也笑了。她一向严厉，这是她微笑得最长的一次。很快，她收起笑容说："听你这么说我很放心。这次事故影响了你的学习，我很抱歉。"她用批评的目光看着西奥妮，"我得说，在师徒关系这件事情上，我不追究了。尽管我们的其他折匠也都是男性，但我还是会考虑安排你的新去向。"

西奥妮咬住嘴唇才没让"不"这个回答脱口而出。相反，她镇定下来，礼貌地说："魔法师塞恩一直是个好老师，对我也特别耐心。如果情况允许，我希望能一直在他的教导下学习。"

魔法师点点头，平静的脸上露出一丝怀疑的神情，但她什么也没说。"纽泊德医生，"她转身面对医生，"多谢你来。我会让魔法师内阁寄付医药费的。如果你不介意的话，我们想单独谈谈。"

西奥妮看着医生点头离开。她刚才还以为魔法师阿维斯基会和医生一起走。她还要说什么？

医生才走出房间，阿维斯基就径直走到西奥妮窄小的床前说："跟我详细讲讲事情的经过，所有的细节。"

西奥妮蜷缩起来，"我实在太饿了，魔法师……"

"难道说起来会很长吗？"魔法师阿维斯基打断西奥妮，"你违抗命令，擅自追踪血割者！"一提起这事，她就大口喘气，"可你不但活了下来，还救回了英格兰最有天赋的纸魔法师的心脏。我要知道细节,特维尔小姐。"

"你当时没有'命令'我留下。"西奥妮反驳,"你只是要我离开餐厅。我按你的话做了。"

魔法师阿维斯基捏了捏镜架下的鼻梁,"照你这态度,看来又想被关禁闭了,西奥妮。"

"可那些都是……私事,我认为。"西奥妮回答。

"私事?"魔法师重复道,显然对西奥妮的用词非常惊讶,"为什么?什么私事让你不能跟我说?"她的脸变白了,"你没有和他们谈条件吧……"

"不,不是这样的。"西奥妮说着,目光垂向自己的手,看向指缝里的血污。在她脑海里,她看见了冻住的里拉,双手抓着流血的眼睛。血咒,西奥妮想。这会不会让我也变成了一个血割者?

直到此刻,西奥妮都不敢想这件事。如果魔法师阿维斯基——还有魔法师内阁——知道西奥妮是如何打败血割者的,他们会怎么做?

西奥妮避开魔法师阿维斯基的目光,说:"我用了魔法师塞恩的滑翔机,就是放在阁楼上的那架。还用纸鸟寻找、追踪里拉。见到滑翔机以后,她一定是害怕了,转身就跑。我追到海岸边,她在那里有个营地。我追到海里。我想她逃走了。我……我看见海里有条船,也许她是坐船跑的。"

魔法师阿维斯基挑起一边眉毛,"而她没有带走那颗心?"

西奥妮点点头。

"这颗心是她的目标,她费那么大的力气挖走,却又不带走……"魔法师阿维斯基说,"我会按你说的去追查,也会派几名侦探调查一下。"

西奥妮一听,差点儿喘不上气。她希望魔法师阿维斯基没注意到。

"我现在想休息了。"西奥妮终于挤出了这句话。她不知道会在海滩上发现什么——船上的那两个人是把里拉带走了呢,还是撇下了她不管? "还想吃点东西。我会查查地图,把营地坐标用电报发给你,如果待会儿有空的话。"西奥妮想拖延点时间。

魔法师阿维斯基有些怀疑,但她什么都没说。虽说西奥妮表现得很固执,但她仍是她最好的学生。阿维斯基起身道:"我今晚就要拿到坐标。魔法师休斯相当缺乏耐心,而且特别关注细节。"她扶了扶眼镜,"我会让马车一直候着,以防万一。"她说完后就离开了。

西奥妮斜靠在窗玻璃上,看着魔法师阿维斯基转过砖楼前用于掩饰的魔法装饰物。接着,她下了床,轻手轻脚走向艾默里的房间。

门打开的时候咯吱一声,十分响亮。艾默里躺在床上,盖着两床毯子。

窗帘掩着。她拉开一半窗帘,希望他能晒晒太阳。他看起来好多了,脸色也红润了许多。

"我不知道该怎么办。"她看着他的胸口随着每一次呼吸上下起伏,坦白说,"我得把地点告诉魔法师阿维斯基,我不想被内阁询问。但是……我把她留在了那里,留在了岩石上。我不知道是不是写下的咒语起了作用,但我感觉,让咒语生效的,是血。真的。"她下意识地揉着左手手臂,继续说,"但我和她不同。请不要认定我和她一样。"

她走到他床前,轻轻捏了捏他温暖的手,然后去了盥洗室,把血洗干净。如果有可能,她再也不想看见血了。

睡觉前,她从书架上的众多地图中抽出一张尤为古老的,大致标出坐标,用电报机发给了魔法师阿维斯基。

此后,她久久不能入睡。

第十七章

第二天，西奥妮起了个大早，在前厅里点燃壁炉，把卷发棒搭在火炭旁。

之前，魔法师阿维斯基已经打扫了地板上破碎的碗碟，扶正了餐桌，西奥妮又从碗橱里找出洗涤液，扫地拖地，清洁所有台面。她在洗碗池里洗净碗碟，滤干，小心放回原来的架子。她检查了冰柜，看看午餐和晚餐能做什么。她早餐喝了牛奶，吃了个杏子。

楼上的盥洗室有这栋宅子里最好的镜子，她在那里仔细卷了头发，系上一条发带。她端详着镜中的自己，又决定取下发带，把头发向后固定好，在上面夹上一个橄榄绿发卡。她母亲常夸橄榄绿和红头发是绝配，尽管西奥妮的头发更偏橘红一些。

　　她从化妆包里取出眼线笔，小心描画眼线，然后把笔管里的黑粉抖到指尖上，抹在睫毛上，加深睫毛的颜色。她在两颊抹上胭脂，换上她第二好的衣裙：海蓝色的半身裙，收腰的桃红色衬衫，多褶的荷叶边衣领。她脑子里掠过穿上她最好的衣服的念头——一条短袖的灰绿色连衣裙，极显苗条——不过她不想做过了头。

　　她对自己相当满意，甚至充满了信心。她走进艾默里的房间，看了看他。他还是没有动，但她觉得他的呼吸好像轻快多了。

　　她坐到床前，粉红色的手指捋了捋他深色的头发，又顺着眉弓慢慢抚过他的眉毛。她试了试他的体温，正常。她端来肉汤，小心翼翼一点一点喂进他口中。做完这些，她就没什么可做的了。

　　她下了楼，不管医生的嘱咐，做了黄瓜三明治和土豆沙拉。做了两个人的量。但艾默里还是没有醒来，她只好一个人吃了些，把剩下的放进冰箱留着。她觉得胃里有些痉挛，但她还是又做了香肠肉汁，烤了饼干、芦笋当晚餐。这一次仍旧是两个人的量。她一直等到八点，可艾默里还是没有醒。她也没吃，任凭饭菜变凉。她又给他喂了些肉汤，用湿毛巾替他擦了脸和脖子。接着她匆匆吃了晚饭——站在桌边吃的。之后，她从卧室里拿来《勇敢的皮普逃亡记》。她将一把椅子从藏书室搬进艾默里的房间，集中精力全神贯注地阅读。书中内容的幻象如幽灵一般出现在艾默里的身体上：一只小灰鼠冒着风险，从满是野猫的垃圾堆找回它最心爱的玩具。然而，他还是没有醒。

西奥妮洗过脸，挂起衣服，很晚才上床就寝。

第二天，太阳一出她就起身，在澡盆里洗了澡。她把卷发棒放到火边，然后打扫前厅，抹掉灰尘。她从柜子里取出散成一堆的犟头，将他赋生后让他打扫窗台。她回到盥洗室卷了头发，扎到左耳后，让发卷整齐地垂在肩头。上了眼线和胭脂后，她仍旧穿上粉红色的衬衫和海蓝色的半身裙。她没吃早餐，而是去洗那几件脏了的衣裳。

她的白色衬衫——那件在艾默里的心脏里时穿的衣衫——已经完全没法穿了。但裙子只要补补还可以再穿。她用刷子刷洗了裙子，晾到外面洒满阳光的晴空下，然后准备午饭。她又做了黄瓜三明治，还是一个人吃。晚餐，她打算用迷迭香烤鸡肉。

她从冰箱里拿出鸡，在水池下面的碗柜里找到一个干了的洋葱，从餐厅对面的门上找到几根吊在那里的迷迭香。切鸡的时候，看到血从鸡肉上滑落，她的手也没有颤抖。

里拉冻住……永远也不要再动。

她放下刀，看着手，在不该有血的地方看到了血。纸咒，她提醒自己，她当时用的是纸咒，没有其他。

但纸咒对真人是没用的，不是吗？

她咬了咬嘴唇。魔法师阿维斯基一直没有音信。那位曾经教过她的老师会不会已经怀疑她了？她有没有接到她的电报？

她瞟了一眼餐厅门，看向连着二楼的楼梯。艾默里的卧室在二楼。她又该如何向他解释呢？

"真是犯傻。"她大声说，抓起刀切进鸡肉。她在肉上撒上佐料和面包屑，然后放进烤箱。她收起刀，清洁干净的气味还有弥漫的烤鸡的气味让她稍稍平静下来。

西奥妮不断去看艾默里。他看起来真像只是在补个午觉，可他还是没有醒来。

晚餐后，西奥妮拿起挎包，带着"茴香"来到藏书室。她坐在书桌前，试了不少折术，看能不能独自修好"茴香"。她还是个生手，"茴香"身上的接口，加上每一道独特折术的压线都让她不知所措。就算她亲眼看着艾默里折叠这只小狗，她也不确信自己就能完全模仿。这需要高级法术。

西奥妮终于放弃了尝试，尽量劝解自己用不着沮丧。她开始浏览藏书室里的书，找到一本小长篇《谷仓里的蜘蛛》，每隔几页就有素描画，用来加强说明。她给艾默里念了书，但因为不熟悉情节，无法在他面前创造出幻象。她觉得自己应该多加练习。

那天晚上，她刚把《谷仓里的蜘蛛》放回书架，电报机就敲打起来。西奥妮绞着手指，一直等到电报机停下，才紧张地抓起电报读起来。

检查了坐标没有发现里拉启动内阁调查希望一切都好

不知为什么，听到没有找到里拉的消息，西奥妮反而松了口气。不然的话，她会更加害怕。

她辗转反侧了好几个小时才睡着，一次又一次，思绪老是飘到海岸边和里拉对峙的那一刻。她将两个指头压在脖子上，感受着自己的脉搏。脉搏很弱，几乎摸不到。

第二天她醒得很晚，重复每一天要做的事：卷头发、化妆、穿衣、做杂务。

早餐——更像是早午餐——她煎了腌肉、鸡蛋，还烤了面包。做了够两个人吃的量。吃完饭，她检查了艾默里家里的储藏，决定去商店一趟。她真不想一个人去。

她来到外面，外面是温暖的阳光。后院屋檐下有个真正的园子，种了真正的植物，不是用纸做的。薄荷叶之间长了些杂草，但总的来说，花园被照料得很好，还有几棵植物看起来像萝卜秧。西奥妮把杂草一棵棵连根拔起，放到一边当肥料。她将食指插进土中探了探——需要浇水了。

她返回厨房去拿壶，听到餐厅里传来一声低低的、熟悉的小狗叫唤——来自纸做的喉管。

她觉得身体先是裂成了一片一片，又慢慢聚集合拢，心提到了嗓子眼。

"茴香"大声吠叫着跑进厨房，纸爪子在光滑的木地板上往前滑。它还摔倒了一次，自己又爬起来，向西奥妮脚边跑来。西奥妮的嘴巴张成了字母"O"，跪下来抱住它。"茴香"用它的纸舌头舔着她的衣袖，激动地摇着尾巴，西奥妮真担心它摇断尾巴。

"我们又在一起了！"她大声说，挠着"茴香"的后耳根和下巴，"分开的时间不算长，对吧？"

她知道"茴香"不可能神奇地给自己赋生。她听到了耳朵里响亮的脉搏跳动声，还能清楚地听到第三个声音。

她才喘了两口气，楼梯口的门就开了，艾默里走了出来。他穿着那件靛青色的外衣，干净的衬衫和长裤——那条灰色的，西奥妮昨天刚好洗过。

她慢慢站起来，感觉脸颊一片通红。他走过来了，微微驼着背。他还在微微喘气，像个尚未完全康复的人，但看得出来，他已经没事了。

他的眼睛找到了她的——他那双漂亮的绿色眼睛——两人都微笑了。

"我有种感觉，好像我错过了非常重要的事情。"他说道，嗓音稍微有点沙哑。他清清喉咙又加了一句话："我还有另外一个感觉，我都快饿疯了。"

"哦。"西奥妮说，挤开"茴香"走到面包盒边，"我可以给你做点吃的。先坐下。你喜欢吃黄瓜吗？你应该非常喜欢……因为你买了那么多。"

他挑起一边眉毛，眼睛仍在微笑，笑容挂在翘起的嘴角，"我相信我已经完全康复了，可以自己来做三明治，西奥妮。"

但她摇摇头，拉出砧板，从冰箱里拿出最后剩下的黄瓜。艾默里站在餐厅和客厅之间，犹豫了一下，决定不再强求，拉了把椅子坐下来。

"你感觉怎么样？"西奥妮问，耳朵里的脉搏声像在打雷，让她的手在削黄瓜的时候有些颤抖。她强迫自己慢一点，别划到手。

"好像有人不但在我胸口踩踏了一通，还看到了不该看的东西。"

她削到一半的手僵住了。她看向他，从他的眼睛里看到了知晓秘密的快乐。

她觉得脖子耳朵烧得厉害，"你，原来你知道发生了什么，对不对？"

"这毕竟是我的心，西奥妮。我当然知道发生了什么，至少知道大部分。"

大部分？她猜测着是哪部分。她打开橱柜门遮住自己烧红的脸，不让艾默里看到。她努力集中精力切黄瓜。"**大部分**"究竟是多少呢？

她想起他们在第四间心室里的谈话，感到皮肤滚烫，真担心衣服要被点着了。

关上橱柜门，西奥妮吓了一跳。艾默里就站在后面，从她手里拿过刀，放到砧板上，"但是在这之前和之后究竟还发生了什么，我都不知道。"他的目光落在她的脖子上，伸出手，弯起食指抬起她的下巴。西奥妮知道他看到了那里的瘀伤，被里拉发出的断手掐的。

她往后缩回下巴，把头发拉过肩头遮住瘀伤，说："我偷用了你的滑翔机。"

"真的？"

她点点头，"我发出纸鸟搜寻跟踪他们。我猜她——里拉——打算坐船逃走……"

"但是她没走。"他说，口气不是提问。他的眼神很肯定。

她说："我在海岸边找到了她，在一个山洞里。她在你身上——心上——施了法 ——于是我就被困在了里面。我并不想蓄意'踩踏'。可我没得选择。"

她发现自己越说越快，同时无法把视线从那双能把人看穿的眼睛上挪开，"我觉得，如果我能走到最后，就能逃出来。她也在里面，但不是一直都在。我极力走快一点。我不希望你就这么死掉。

"后来，我就逃出来了。"她一口气说完，他点了点头。看来，他的确记得那一段。西奥妮双脚冰凉，因为她所有的血液全都冲上了脸庞，"她也跟到了外面，我所有的折术纸页都湿透了，她抓住我，要取我的心，而且……"

她从他身边向后退，撞到了水池边缘，"我不像她，艾默里。我并不想……但还是发生了。"

他皱起额头，"你不想怎样，西奥妮？发生了什么？"

"我和她同时去抢匕首，"她解释道，好像不用补充其他细节艾默里也能听明白，"我先抓住了匕首。我刺伤了她。"她摸了摸脸上里拉被刺中的地方，"到处都是她的血。那些纸……岩石上到处都是纸，是你给我的纸咒。爆炸之咒。我在那些纸上写下咒语，施法让她冻住永远也……"

西奥妮感到喉咙噎住了，不得不停下来。她试着咽了一下，反而更痛。"咒语起作用了，"她小声说，"如果他们不来接她，她肯定还在那里。我用血写下咒语，咒语有了法力……"

泪花聚集在她的眼角，西奥妮急忙眨了眨，把它们逼回去。"我和她不一样，"她声音急促，"我不是血割者。"

艾默里把手放到她的肩头，她重新望向他。她觉得自己此刻看起来一定很蠢，听起来也很蠢。

"不，你不像她。"他说，声音比她还要肯定，"你已经和纸绑定了，你不可能再成为血割者。这完全不可能。"

她盯着他，目光从他的一只眼望向另一只，"可是里拉……"

"当年我遇到里拉的时候，她并不是魔法师。"他回答说，收回手，"她是一名护士，这也是为什么在那时，鲜血不会让她难受。也可能从来不会。"

西奥妮慢慢点点头，感觉还有点儿没缓过来，"所以我不是……我根本没有操控黑魔法？"

"我不知道你是怎么做到的。"艾默里回答，抬起一只手，向后理了理头发。他看了看她身后的窗外，片刻之后说："你没有做违反魔法规定的事。没有做任何会受到法院审判的事，你不用担心。你救了我，西奥妮。"

西奥妮盯着自己的脚，放下心里的担子，露出了笑容，"如果你已经死了而这是你死后的生活的话，那我真是太失望了，艾——魔法师塞恩。"她接着说，"要真是这样，说明我在海上白飞了一趟，空手而归。"

"茴香"叫了几声，嗅了嗅西奥妮的鞋。艾默里笑了。

他没说话，等了好久，安静得两人都有点儿尴尬了才又开了口。"那么……"他说着，拿起一片黄瓜放到面包上，又从碗柜里拿出一个盘子，走到桌边，"我们终于可以好好吃一顿了，嗯？"

"好好吃一顿？"西奥妮瞟了一眼他简单的三明治。他顾不上放蛋黄酱就咬了一口，"我做的任何一顿饭都比黄瓜三明治强。我本来可是会去当厨师的，如果你记得的话。"

"真的吗？"他问，又咬下一口。

西奥妮给自己切了两块面包，切完第一片时说："你能再做点儿什么，让咱们消遣消遣吗？"

"我相信，从你踏进我的门那一刻开始，就一直在拿我消遣。"他回答。

她笑了，"等一下。"

她放下面包和黄瓜，匆匆去了书房，从书桌后的书架上挑了一张天蓝色的正方形纸页。她把纸页放在桌子上，仔细先折出一个半点折，然后是一个全点折，依靠记忆，重复折叠预见之盒的步骤。在她遭遇里拉之前，那只盒子就向她预示过"冒险"两个字。她用笔写下未来符咒，写了五个后停下了笔。

她拿着盒子返回餐厅，递给艾默里，"后面的该怎么写？"

他的眼里闪过愉悦。他从她手里接过笔和纸，一边嚼面包一边写完最后三个符咒。西奥妮认真记住这些符咒后把盒子套上手指，打开给艾默里看。

"你母亲娘家姓什么？"她问。

他把下巴支在手上，手肘撑在桌面上，"你不记得了？"

"记得。"她反驳道，"但我不想违反规则带来噩运。你回答就是。"

"伍拉德拉，只有一个 r。"他眼里闪着光。

她打开盒子又合上，一共做了七次，然后问："你的生日是几号？"

"1871 年，七月十四日。"

她继续开合盒子，"选一个数字。"

艾默里安静了片刻，研究着西奥妮的表情。他的眼里并没有流露出他在想什么。在她脸红之前，他说："一。"

她拉开一边，格子里露出三个符咒，其中一个是艾默里画的。她打开，盯着白色的纸壁看了半秒后，心里出现了一个场景。

一个熟悉的场景：日落，李子树，布满野花和蒲公英的小山。温柔的风吹着大地,带来丁香和蜂蜜的气息。

艾默里坐在李子树下的地毯上,头发比现在更短,身边放着折叠整齐的靛青色外套。他默默地看着斜阳西沉。在他明亮的眼睛里,西奥妮看到了幸福。

在他身边侧躺着一个女人,指尖顺着他手背上的血管滑动着,指头上有三颗小雀斑,橘红色的发辫搭在一边肩头。在树的另一边,两个黑发小男孩在荡秋千,轮流推着对方,抓着绳子欢笑。

西奥妮合上盒子,眨眨眼,想眨掉色彩缤纷的日落。喉咙里的哽咽消失了,心跳也稳健起来,恢复了原来的力度。

"你看到了什么?"艾默里问。

"把你的未来告诉你,你会倒霉的。"她说。

"我相信是自己看到自己的未来才会倒霉。"他反驳说。

"安全第一。"她说,想藏住微笑却失败了。她匆匆走回椅子,坐下问道:"我一直想弄明白一件事,和普利特有关。你原来恨极了折术,但为什么又选择了纸来绑定?"

"和你的原因一样,"他靠向椅背说,"我选择了纸,事情最后都变好了。你看,西奥妮,我俩比你想象的更像彼此。"

"是的。"她说,笑容绽放,"是的,我觉得我们更像了。"